आनन्द बख्शी

लोकप्रिय गीतकार आनन्द बख्शी का जन्म 21 जुलाई, 1930 को ब्रिटिश भारत के रावलपिंडी, पंजाब (अब पाकिस्तान) में हुआ था।

उन्होंने 'भला आदमी' फ़िल्म के लिए पहली बार गाने लिखे। 'शेर-ए-बगदाद' उनकी पहली प्रदर्शित फ़िल्म थी। 600 से ज़्यादा फ़िल्मों के लिए 5000 से अधिक गाने उन्होंने लिखे। सभी प्रसिद्ध संगीतकारों के साथ काम किया। सभी मशहूर गायकों ने उनके लिखे गीत गाए। 'बॉबी', 'अमर प्रेम', 'आराधना', 'शोले' से लेकर 'मोहब्बतें', 'गदर—एक प्रेमकथा' के लिए लिखे उनके गीत तब से लेकर आज तक संगीत प्रेमियों के दिलों में अपनी खास जगह बनाए हुए हैं।

30 मार्च, 2002 में मुम्बई के नानावटी अस्पताल में उनका निधन हुआ।

विजय अकेला

विजय अकेला गीतकार हैं। ऑल इंडिया रेडियो (एफ.एम.), मुम्बई के मशहूर रेडियो जॉकी हैं। उन्होंने कई गायकों के अलबमों के लिए शायरी भी की है। फ़िल्म 'कहो ना प्यार है' और 'कृष' के लिए लिखे उनके गीत काफ़ी सराहे गए। 'निगाहों के साये' और 'मैं शायर बदनाम' उनकी सम्पादित पुस्तकें हैं।

मैं शायर बदनाम

आनन्द बख़्शी

सम्पादक

विजय अकेला

राजकमल पेपरबैक्स

पहला पुस्तकालय संस्करण
राजकमल प्रकाशन प्राइवेट लिमिटेड द्वारा
2006 में प्रकाशित

राजकमल पेपरबैक्स में
पहला संस्करण : 2023

राजकमल पेपरबैक्स : उत्कृष्ट साहित्य के जनसुलभ संस्करण

राजकमल प्रकाशन प्रा.लि.
1-बी, नेताजी सुभाष मार्ग, दरियागंज
नई दिल्ली-110 002
द्वारा प्रकाशित

शाखाएँ : अशोक राजपथ, साइंस कॉलेज के सामने, पटना-800 006
पहली मंजिल, दरबारी बिल्डिंग, महात्मा गांधी मार्ग, प्रयागराज-211 001

वेबसाइट : www.rajkamalprakashan.com
ई-मेल : info@rajkamalprakashan.com

बी.के. ऑफसेट
नवीन शाहदरा, दिल्ली-110 032
द्वारा मुद्रित

मूल्य : ₹350

MAIN SHAYAR BADNAM
Lyrics by Anand Bakhshi
Edited by Vijay Akela

ISBN : 978-81-19028-92-4

“मेरे गीतों में मेरी कहानियाँ हैं
कलियों का बचपन है फूलों की जवानियाँ हैं”

—आनन्द बख़्शी

उन करोड़ों इंसानों के नाम
जिन्होंने आनन्द बख़्शी के नग़मों को
अपने होटों पे सजाया
और अपने बड़े भइया श्री अखिलेश कुमार के भी नाम

क्रम

मैं शायर बदनाम...

यूँ तो सबने गीत लिक्खे सब ही में औक़ात थी
बख़्शी में इक बात थी बख़्शी में इक बात थी

1969 की गर्मियों का ज़िक्र है। मेरी माँजी मुझे अक्सर 'चन्दा है तू, मेरा सूरज है तू, ओ मेरी आँखों का तारा है तू...' गीत घुट्टी में पिलाकर सुलाती-जगाती, बहलाती-फुसलाती थीं। यह तो मुझे बहुत बाद में मालूम हुआ कि असल में वे मेरा परिचय महान गीतकार आनन्द बख़्शी से करवा रही थीं।

मैं जवान हुआ। फिर शायर हुआ। मगर उस प्रथम परिचय से लेकर आज तक शायद ही कोई दिन ऐसा भी गुज़रा हो जब उनसे मेरा तार्रूफ़ उनके नए-पुराने गीतों के माध्यम से न हुआ हो। इतने बरसों में कई ज़माने पुराने हो गए। मगर उनसे होने वाली मुलाक़ातें नहीं। एक जुमले में बात बस इतनी-सी है कि अब मेरी हरेक सोच इनके गीतों के रस्तों से गुज़र कर ही फलने-फूलने और अपनी शक्ल अख़्तियार करने लगी है।

थोड़ा वक़्त और गुज़रा।

...और एक दिन आनन्द बख़्शी से मेरा तार्रूफ़ करवाने वाली मेरी माँजी इस जहान-ए-फ़ानी से गुज़र गईं। इस मौक़-ए-नाज़ुक पर मैंने कई दफ़ा क़लम उठाया कि माँ से जुड़े कुछ संवेदनात्मक अहसासों को गीत के रूप में लिख सकूँ। मगर लाख कोशिश के बाद भी ज़ेहन में वही-वही गीत आए जो माँ पर बख़्शी जी ने लिख रखे थे। बस एक गीत का ज़िक्र यहाँ किए देता हूँ–

'कौन-सी है वो चीज़ जो यहाँ नहीं मिलती
सब कुछ मिल जाता है लेकिन हाँ माँ नहीं मिलती–
मन्दिर पे भी अय मन कुछ राही नहीं रुकते
ईश्वर के आगे भी कितने सर नहीं झुकते
माँ को जो ना माने वो ज़बाँ नहीं मिलती
सब कुछ मिल जाता है...'

फ़िल्म-जगत वह जगत है जहाँ दूध का दूध और पानी का पानी हो जाता है। वही टिकता है जो बिकता है और वही बिकता है जो टिकता है। बड़ी से बड़ी हस्तियाँ यहाँ न टिक सकीं, न बिक सकीं। न बिक सकीं, न टिक सकीं। पर एक आनन्द बख़्शी ही हैं जो 1957 से अभी तक टिक और बिक रहे हैं।...और इतने साल स्थापित रहने वाला गीतकार बिना विरल प्रतिभा, सामर्थ्य, कथ्य और तथ्य के, बस मुक़द्दर के सहारे चल रहा हो, असम्भव बात है।

इस बात का ज़िक्र इसलिए कर रहा हूँ कि हमारे समाज में ऐसे लोगों की कभी कोई कमी नहीं रही है जिन्होंने कभी ज़िन्दगी में क़ायदे की एक भी कविता नहीं लिखी मगर उँगली उठाई तो हम पर-आप पर नहीं, तुलसी, मीरा, कबीर, निराला, मीर, नज़ीर और आनन्द बख़्शी पर ही।

आनन्द बख़्शी कहते हैं, 'कुछ सौ रुपयों में कविताओं की ऐसी किताब छपवा लेना कोई मुश्किल काम नहीं है जिसमें विश्व की सबसे अहम समस्या का ज़िक्र हो मगर कथ्य और तथ्य के नाम पर कुछ न हो। गीत जन-जन तक पहुँचें यह भी आवश्यक है। मैं आलोचनाओं से भला क्यूँ घबराऊँ ? मैं तो मोहब्बतों का शायर हूँ, तिजारतों व नफ़रतों का नहीं।'

कुछ वर्ष पहले गीतकार शैलेन्द्र को भी इसी चिन्ता ने घेरा था कि साहित्यकारों ने अचानक फ़िल्मों में गीत लिखने की वजह से उनसे अछूत-सा व्यवहार करना क्यूँ शुरू कर दिया।

कभी-कभी लगता है कि सिनेमा साहित्य की और साहित्य सिनेमा की परवाह ही नहीं करता। इससे किसको घाटा हुआ और किसको फ़ायदा, यह कहानी कभी फिर सही।

वैसे बख़्शी साहब की 45-46 बरसों की मुसलसल सफलता से हुआ ये कि एक तरफ़ धीरे-धीरे स्वयं ही इनकी आलोचना कम हो गई तो दूसरी तरफ़ इन्होंने आलोचनाओं की परवाह करनी भी बन्द कर दी। जब-जब परवाह की तब-तब लिखा भी—

मैं शायर बदनाम
महफ़िल से नाकाम
मैं चला मैं चला—
शोलों पे चलना था काँटों पे सोना था
और अभी जी भर के क़िस्मत पे रोना था
जाने ऐसे कितने बाक़ी छोड़के काम
मैं चला मैं चला—

1970 ऐसा दौर था जब फ़िल्म-जगत में एक नए युग का पदार्पण हो रहा था। शायरों में शकील बदायूँनी और शैलेन्द्र परलोक सिधार चुके थे। बाक़ी चाहे साहिर हों या मजरूह, कैफ़ी या हसरत, इन्दीवर या राजेन्द्र कृष्ण सबने यह कहते हुए बख़्शी की पीठ थपथपाई थी, 'हर तरफ़ बस तुम्हारे और तुम्हारे ही गीत बज रहे हैं।' प्रसंगवश, जहाँ इन सारे महान शायरों ने किसी न किसी मशहूर शायर की शार्गिदी की थी व उच्च शिक्षा भी प्राप्त की थी वहीं बख़्शी जी ने न तो किन्हीं की शार्गिदी की थी ना आठवीं जमात से ज़्यादा की पढ़ाई ही।

बख़्शी जी ने फ़िल्म-जगत में पदार्पण करते ही जो किया वह यह कि हर तरह के गीत लिखने को एक चुनौती समझा। 'पहले से बनाई धुन पर गीत नहीं लिखेंगे'—जैसी कसम नहीं खाई। लोगों की मानसिकता अलग-अलग होती है। सो किसी को बख़्शी जी का—

'चिंगारी कोई भड़के तो सावन उसे बुझाए
सावन जो अगन लगाए उसे कौन बुझाए...'

गीत पसन्द आया तो किसी को—

'चल चल चल मेरे साथी
ओ मेरे हाथी
चल ले चल खटारा खींच के
चल यार धक्का मार
बन्द है मोटर कार
चल चल चल...' गीत। कोई दीवाना हुआ
'बिन्दिया चमकेगी
चूड़ी खनकेगी...' गीत का और कोई
'सावन का महीना पवन करे सोर
जियरा रे झूमे ऐसे जैसे वनमा नाचे मोर...'

गीत का।...और मज़े की बात तो यही है कि अब वर्ष 2000 के बाद आलोचकों की नई जमात कहती है कि बख़्शी के आगमन से पूर्व फ़िल्मों में या तो शायरी होती थी या कविता, फ़िल्म-गीत तो बख़्शी साहब से ही सच मायनों में प्रारम्भ हुए।

अब अगर हम इस नज़रिए पर थोड़ा मनन करें तो हमारा ध्यान इनके चन्द ख़ास गीतों की तरफ़ भी जाता है। जैसे—

'अच्छा तो हम चलते हैं
फिर कब मिलोगे

जब तुम कहोगे
जुमेरात को
हाँ हाँ आधी रात को
ऐ, कहाँ
वहीं, जहाँ कोई आता-जाता नहीं...'

या,

'बाग़ों में बहार है
है
कलियों पे निखार है
है
तुमको मुझसे प्यार है
न न न न न न...'

या,

'पैसा फेंको
तमाशा देखो...'

या,

'सात अजूबे इस दुनिया में आठवीं अपनी जोड़ी
तोड़े से भी टूटे ना ये धरम-वीर की जोड़ी...'

या,

'अनहोनी को होनी कर दे होनी को अनहोनी
एक जगह जब जमा हों तीनों अमर अकबर अन्थोनी...'

या,

'ए बी सी डी छोड़ो
नयनों से नयना जोड़ो
आई शाम सुहानी
राजा जानी राजा जानी...'

इन गीतों में से हो सकता है कि एक-दो गीतों के अर्थ ऐसे सुनने-पढ़ने में पूरी तरह से स्पष्ट न हों पर इनके अर्थ आप उन फ़िल्मों और उनके सिचुएशन से जोड़ कर देखें तो लगेगा कि ये गीत ही उक्त मौक़े के सर्वश्रेष्ठ गीत हैं क्योंकि 3 घंटे वाली ये फ़िल्में अपने आप में एक मुक़म्मल जहान होती हैं जिनका अपना एक अलग रंग और रूप होता है।

बख़्शी जी ने इतने सालों में, इतने विषयों पर, इतना लिखा है कि आज

के युग के शायर यही कहते हैं कि, 'बख़्शी साहब ! आप कुछ विषय और कुछ रदीफ़-काफ़िए तो हम लोगों के क़लम चलाने की खातिर बख़्श देते।'

कल के फ़िल्मी-शायरों के आदर्श साहिर या राजेन्द्र कृष्ण भले ही रहे हों मगर आज तो सबके आदर्श आनन्द बख़्शी ही हैं। पर बख़्शी जी के आदर्श थे गीतकार मधोक। वे कहते हैं, 'मैंने डी. एन. मधोक से एक ही जुमले में पतियाँ के साथ रतियाँ और रतियाँ के साथ सखियाँ फिर सखियाँ के साथ अखियाँ और अखियाँ के साथ बतियाँ या छतियाँ जोड़कर गीत लिखना सीखा है।'

आनन्द बख़्शी के गीतों में सहजता है, संगीत है, कहानी-जवानी, आग और पानी है। जीवन-दर्शन है, हँसी-मज़ाक, मुहावरेदार बोली-ठोली है, प्रेम, प्यार, प्रीत, इश्क़ और मोहब्बत है।...और शायद इसीलिए ये गीत तीर की तरह सीधे दिल को भेदते हैं और गीत ग़म के हों या ख़ुशी के, मज़ा देते हैं।

बख़्शी जी ने गीतों में कभी झूठी बातें नहीं कीं। सच का दामन थामे रहे। इतने सालों तक फ़िल्मों की पहली ज़रूरत बने रहना उनके ही बस की बात थी। उन्होंने अब तक 45 सालों में कोई 5000 से ज़्यादा गीत लिखे हैं।

आनन्द बख़्शी को अब अपने लिखे गीत बिल्कुल याद नहीं रहते। रेडियो या टेलीविज़न पर जब अपने गीत सुनते हैं तब गीत समाप्त होते-होते ही उन्हें यह ख़्याल आता है कि अरे यह तीर तो उनके ही तरकश का है। उन्होंने स्वयं ही एक क़िस्सा सुनाया था। बोले, ''एक बार राजू (राजेश रोशन) मेरे घर म्यूज़िक सिटिंग पर आया। मैंने उसे उसकी माँगी सिचुएशन पर लिखा गीत दे दिया। गीत था—

'हम दोनों मिलके काग़ज़ पे दिल के
चिट्ठी लिखेंगे जवाब आएगा...'

राजू कुछ बोलना चाहा। मैंने कहा, 'कुछ मत बोलो, गीत बेहद अच्छा है।'

थोड़ी देर चुप रहने के बाद राजू ने फिर कुछ कहना शुरू किया कि मैंने कहा कि मैंने ही उसकी पहली फ़िल्म 'जूली' के गीत लिखे थे और अच्छे-बुरे गीत की तमीज़ उससे कहीं ज़्यादा मुझे है सो वह गीत में छेड़खानी न करे।

राजू ने चुपचाप अपने साज़िन्दों के साथ गीत की रचना शुरू कर दी। जब गीत रच लिया गया तो राजू से मैंने यह भी कहा कि मैंने अपने कैरियर में उसके पिताजी के साथ कई फ़िल्में की हैं, सो मैं उसे अपने बेहतरीन गीत ही देता हूँ। कभी मन में शंका न लाए वो। इस पर राजू ने कहा, 'नहीं नहीं, मैं तो सिर्फ़ इतना कहना चाहता था कि आपने यही गीत मुझे 20 साल पहले भी 'तुम्हारी क़सम' फ़िल्म के लिए दिया था और वह भी हु-ब-हू।'

72 वर्षीय आनन्द बख़्शी ने इस 71 वर्षीय सवाक् फ़िल्म-जगत में जिस-जिस प्रकार के गीत लिखे हैं उन्हें सुन कोई हँसता है, कोई रोता है, कोई गाता-मुस्कराता है। कोई आबाद होता जाता है। मगर कोई बर्बाद नहीं होता।

आप किसी भी एक्टर का नाम लीजिए और आपको मैं बताता हूँ कि उस एक्टर (एक्ट्रेसेज़ के नाम भी शामिल हैं) के लिए उन्होंने कौन-सा गीत लिखा है। लता मंगेशकर और मुहम्मद रफ़ी ने उनके लिखे सबसे ज़्यादा गीत गाए हैं। लक्ष्मीकान्त प्यारेलाल ने इनके लिए सबसे ज़्यादा धुनें बनाई हैं। आर. डी. बर्मन के साथ इन्होंने जो काम किया है वह हैरतअंगेज़ है। सिर्फ़ मदनमोहन, ओ. पी. नैयर व ख़य्याम के साथ ही अब तक काम नहीं कर पाए हैं।

इनके गीत गाकर कई एक्टर्ज़ स्टार्ज़ में परिणत हो गए तो कई स्टार्ज़ सुपरस्टार्ज़ में। इन्होंने सारे ग़ज़ल गायक-गायिकाओं के लिए फिल्मों में ऐसे-ऐसे गीत लिखे कि उनसे पूछिए कि बख़्शी साहब उनके दिलों में कौन-से इल्मी शायर से कम महत्व रखते हैं ? जवाब मिलेगा कि बख़्शी जी सर्वोत्कृष्ट हैं। उदाहरण हैं।

बख़्शी जी के साथ कम से कम हज़ार किलोमीटर की पैदल यात्रा करने का सुख मिला है मुझे। जौगर्ज़ पार्क में कोई 300 शामें गुज़ारते हुए। वे कम ही दफ़ा अपने गीतों की बात करने में रुचि दिखाते। हमेशा मुझसे यही पूछते कि कब मैं अकेला से दुकेला बन रहा हूँ। जब भी कोई प्रशंसक उनसे पूछता कि वे किस शायर-अदीब से मुतासिर हैं और किनकी किताबें पढ़ते रहते हैं तो उनका जवाब होता कि वे तो सिर्फ़ रीडर्ज़ डायजेस्ट ही पढ़ते हैं, कुछ और नहीं। यह उनके अन्तर्मुखी स्वभाव का और किसी भी तरह के विवाद से बच निकलने का सर्वोत्तम उत्तर होता।

जब भी मैंने उनसे पूछा कि उनके परिवार का कौन-सा सदस्य उनके साथ उनकी सफलता शेयर करता है तब मैंने पाया कि शायर की आवाज़ भारी हो गई है और आँखें नम। लगता है सफलता के इस मक़ाम पर वे बेहद तनहा हैं।

हर रोज़ शराब पीना, पान खाना और सिगरेट के कई कश लेना आपका प्रिय शग़ल है मगर अब इन चीज़ों ने आपका सेवन करना शुरू कर दिया है। चुनाँचे, आप पिछले चार महीनों से लगातार हस्पताल में एक गम्भीर मरीज़ के तौर पर भर्ती थे। इन दिनों भी कमज़ोरी के शिकार हैं। आपकी कई फ़िल्में बीमारी के दौरान जब दूसरे गीतकारों के पास चली गईं तो आपको ज़रा-सा भी मलाल नहीं हुआ। क़िस्मत के धनी होने की वजह से आपको क़िस्मत पर ख़ूब भरोसा

भी है और आपकी क़िस्मत में आने वाली फ़िल्मों के गीत आप ही लिखेंगे, कोई और नहीं, आपको बख़ूबी पता है। सादा जीवन व्यतीत करने वाले इंसान हैं। लिफ़्ट से नहीं सीढ़ियों से मंज़िलें तय करते हैं। प्लेन से सफ़र करना नामंज़ूर है। ट्रेन पर भरोसा कर लेते हैं। अपने घर में रखी चीज़ें कुछ ही दिनों में यहाँ से उठाकर वहाँ और वहाँ से उठाकर यहाँ सजा देते हैं।

कई घर बदलने के पश्चात इन दिनों आप बान्द्रा कार्टर रोड की एक बिल्डिंग 'कॉस्टा बैले' की दूसरी मंज़िल पर रहते हैं। एक पागल बुढ़िया जो अब गुज़र चुकी है, अक्सर चाक़ू लेकर आप पर हमला किया करती थी। आप बताते हैं कि वह ज़मीन पहले इसी बुढ़िया की प्रापर्टी थी जिस पर अब 'कॉस्टा बैले' नामक बिल्डिंग है और जिसमें आपके अलावा कई और लोगों के परिवार बसते हैं।

'नगीना' फ़िल्म के एक गीत के लिए मध्य प्रदेश का एक शायर पिछले पन्द्रह साल से आपको रात-रात को उठाकर और कोर्ट की नोटिस भिजवा कर यह बताता रहता है कि असल में वह गीत उसका था।

'खलनायक' के एक गीत 'चोली के पीछे क्या है...' के लिए बक़ौल बख़्शी जी, "मैं सर्वाधिक विवादित हुआ कि यह गीत अश्लील है।" मगर वे स्वयं दलील भी देते हैं कि "यह गीत उस साल बिक्री के हिसाब से नम्बर वन रहा और आलोचकों ने इसी फ़िल्म के एक और गीत को सुनने में ज़रा-सी भी दिलचस्पी नहीं दिखलाई, जो यूँ था–

ओ माँ तुझे सलाम
अपने बच्चे तुझको प्यारे
रावण हो या राम...

मतलब चोली पर असल नज़र मेरी नहीं, उनकी थी।" उन्होंने यह भी कहा कि 'चोली-गीत' एक 'पहेली-गीत' है जिसका चलन हर ज़माने के लिए लोक-गीतों में होता रहा है। बख़्शी जी के उपर्युक्त गीत को सुनकर सन्त कवि अमीर ख़ुसरो की पहेलियों-मुकरियों की याद आती है–

'उठा दोनों टाँगन बिच डाला
नाप तोल में देखा-भाला
मोल-तोल में है वो महँगा
ऐ सखी साजन ?
ना सखी लँहगा...'

अब इस पहेली पर भी हम उँगली उठाएँगे क्या ?

बख़्शी जी से सबसे हालिया मुलाक़ात एक फ़िल्म-पार्टी में हुई जहाँ एक

वरिष्ठ पत्रकार इनका साक्षात्कार कर रहे थे। सवाल बड़ा तीखा पूछा था पत्रकार ने कि उनके 5,000 गीतों में से कितने सौ गीतों के मुखड़े संगीतकारों, निर्माता-निर्देशकों या स्टोरी राइटरों के हैं। आस-पास मज़े लेने वाली भीड़ भी थी। मगर बख़्शी जी के जवाब ने सबको कितना मज़ा दिया ये तो वही जानें पर हाँ, सब भौंचक्क ज़रूर हुए। आपका जवाब था, ''बख़्शी को मुखड़े सजेस्ट करने वाला अभी तक पैदा नहीं हुआ है।''

यह किताब मैंने अपने बड़े भइया श्री अखिलेश कुमार के नाम भी समर्पित की है जिन्होंने मुझे आनन्द बख़्शी के हज़ारों गीत बचपन से ही न सिर्फ़ रिकार्ड-प्लेयर पर सुनाए हैं बल्कि उन सीप के मोतियों के भी दर्शन करवाए हैं।

शायरा श्री अर्शी हैदराबादी, शायर श्री जावेद अख़्तर, महाकवि श्री काशीनाथ पाण्डेय व फ़िल्म इतिहासकार स. म. देसाई का विशेष आभारी हूँ.जिन्होंने मुझे प्रेरित किया कि मैं बख़्शी जी के गीतों की एक किताब जल्द-से-जल्द लिखूँ।

मैं राजकमल प्रकाशन का विशेष आभारी हूँ जिन्होंने बख़्शी जी पर लिखी जाने वाली इस पहली किताब के प्रकाशन को लेकर कोई हिचकिचाहट नहीं दिखाई बल्कि हौसला ही बुलन्द किया।

अन्त में, बस इतना ही कि आनन्द बख़्शी के 5165 गीतों की ज्ञान-गंगा में से जिस श्रद्धा से मैंने 151 मटकियाँ आपके लिए भरी हैं उसी श्रद्धा से आप इन्हें गटकिए भी।

सुझावों का इन्तज़ार रहेगा सुधी पाठको।

आपका विनीत

–विजय अकेला

होली

28 मार्च, 2002

पुनश्च : इस किताब के समापन के एक ही रोज़ बाद आनन्द बख़्शी गुज़र गए। उनके गुज़रने के बाद मैंने फ़िल्म जगत की कई नामी-गिरामी हस्तियों से बख़्शी जी के मुताल्लिक़ बातें कीं। उन सारे लोगों को साधुवाद...।

...आनन्द बख़्शी गुज़र गए

...और इसी बीच 30वीं मार्च 2002 की शाम 8.30 बजे नानावटी अस्पताल, मुम्बई में भारतवर्ष के आज के दौर का सबसे बड़ा गीतकार-शायर आनन्द बख़्शी गुज़र गया। आपको लीवर कैंसर था।

आनन्द बख़्शी 21वीं जुलाई 1930 को रावलपिंडी (पाकिस्तान) में पैदा हुए थे। दादाजी रावलपिंडी (अब पाकिस्तान) में अंग्रेज़ सरकार में पुलिस सुपरिटेंडेंट थे। पिताजी का नाम मोहन लाल वैद्य बख़्शी था जो रावलपिंडी में ही किसी बैंक में मैनेजर थे। जब आनन्द बख़्शी पाँच ही बरस के थे, माताजी सुमित्रा मोहन स्वर्गवासी हो गईं। वे बख़्शीजी को नन्द और नन्दो कहकर बुलाती थीं। यही नन्द आनन्द बन गया। 9वीं नवम्बर 1956 को यूनिटी फ़िल्मज़ की 'भला आदमी' के लिए 'धरती के लाल ना कर इतना मलाल...' नामक अपना पहला गीत संगीतकार निसार के संगीत-निर्देशन में लिखा था जिसे गायक भूषण ने साथियों के साथ गाया था। मगर बख़्शी जी की जो पहली फ़िल्म प्रदर्शित हुई, वह थी 1957 की हिन्द पिक्चर्ज़ की 'शेर-ए-बग़दाद'। इस फ़िल्म में इनका लिखा पहला गीत था–'वल्ले वल्ले तू है मेरा...'। इसे शमशाद बेगम ने गाया था, संगीतकार थे जिम्मी।

बख़्शी जी को उनकी कोई आठवीं फ़िल्म 'सी आई डी गर्ल' के लिए पहले-पहल संगीतकार रोशन का साथ मिला, कोई सत्ताइसवीं फ़िल्म 'मेंहदी लगे मेरे हाथ' के लिए कल्याणजी आनन्दजी का, कोई तैंतालीसवीं फ़िल्म 'मि. एक्स इन बॉम्बे' के लिए लक्ष्मीकान्त प्यारेलाल का और कोई छप्पनवीं फ़िल्म 'तीसरा कौन' के लिए आर. डी. बर्मन का साथ मिला, जिनके साथ बाद में आपने बहुत ज़्यादा काम किया। यहाँ कमाल की बात यह है कि आनन्द बख़्शी को आर.डी. बर्मन का साथ पहले मिला बाद में उनके पिता एस.डी. बर्मन का। एस.डी. बर्मन के लिए चार साल बाद 'आराधना' के गीत लिखे।

आनन्द बख़्शी ने 600 से ज़्यादा प्रदर्शित फ़िल्मों के लिए कुल 5165 गीत लिखे हैं, जितने गीत अभी तक किसी और फ़िल्म-गीतकार ने नहीं लिखे हैं। इनके

दो सौ से ज़्यादा गीत रिकार्ड होने के बावजूद या तो फ़िल्म में शामिल नहीं किए गए या रेकार्ड कैसेट्स में।

आनन्द बख़्शी जब बम्बई आए थे कोई 1952-53 में तब गीतकार बनने नहीं, एक गायक बनने। गीतों के नाम पर तो उनके पास उनकी कुल जमा-पूँजी थी, दो गीतों के मुखड़े। एक गीत था–

'मैंने पूछा चाँद से
कि देखा है कहीं
मेरे यार-सा हसीं
चाँद ने कहा
चाँदनी की क़सम
नहीं नहीं नहीं...'

और दूसरा गीत था–

'बलमा सिपइया
हाय रे तेरी दम्बूक़ से डर लागे
लागे रे जियरा
धक धक धक धक धक धक ज़ोर से भागे...'

आपने अपने प्रारम्भिक दौर में चन्द फ़िल्मों में एक्स्ट्रा की भूमिका भी निभाई थी। मनोज कुमार अभिनीत फ़िल्मिस्तान की फ़िल्म 'पिकनिक' में तो एक पूरे गीत का फ़िल्मांकन ही आप पर था–

'बिजली गिरी कहाँ से बेगाने हो गए...'

आनन्द बख़्शी पर फ़िल्माया यह गीत मजरूह सुल्तानपुरी का था।

उन्होंने नेवी और फिर आर्मी ज्वाइन की थी। नेवी में वे कैडेट्स में थे तो आर्मी में रेडियो सिगनल ऑपरेटर। बख़्शी साहब के पुत्र राकेश बख़्शी कहते हैं, 'बख़्शी साहब ने नेवी इसीलिए ज्वाइन की थी कि उन्हें मालूम था कि शिप कभी न कभी बम्बई जरूर जाएगी और इस तरह वे अपने सपनों की दुनिया में क़दम रखने में सफल हो जाएँगे।'

आर्मी और नेवी दोनों जगह बख़्शी जी को नाइट ड्यूटी मिलती थी ताकि वे बाक़ियों को अपने गायन से, जो ख़ास तौर पर इनकी बनाई फ़िल्मी-पेरौडियाँ होती थीं, रात भर जगाए रखें। उस दौर में इन्होंने अपना तख़ल्लुस 'आज़ाद' रखा था। एक ख़ासियत जो आपमें थी वह यह कि आप हमेशा अपना लिखा गीत ही गाते थे।

बख़्शी साहब को हमेशा बोरीवली, बम्बई के उस टिकट-कलक्टर छितरमल

की याद आती थी जिसने बिना टिकट वाले भूखे-प्यासे बख़्शी को जेल में डालने की जगह अपने घर में पाँच साल तक बग़ैर किराए के रहने की जगह दी थी। बख़्शी साहब कहते थे, 'छितरमल ने मेरे काम मिलने और सफल होने के बाद भी मुझसे कोई पैसा नहीं लिया और ज़िन्दगी का एक यही अहसान मुझसे उतारे नहीं उतरा।'

शायद छितरमल ही वह फ़रिश्ता थे जिन्हें आनन्द बख़्शी को आनन्द बख़्शी बनाने में सहायता करनी थी।

शुरू-शुरू में आनन्द बख़्शी को तुक्का लगाने वाला और सस्ते गीत लिखने वाला शायर कहकर आवाज़ दी गई मगर जैसे-जैसे वक़्त ने करवट ली वैसे-वैसे इनके आसान लफ़्ज़ों के गहरे मायने ढूँढ़े गए।

प्रसाद, राज खोसला, राज कपूर, जे. ओम प्रकाश, यश चोपड़ा और सुभाष घई के प्रोडक्शन्ज़ के लिए इन्होंने गज़ब-गज़ब के विचारोत्तेजक और नए-नए अन्दाज़ के गीत लिखे। धर्मेन्द्र, जितेन्द्र, राजेश खन्ना और ऋषि कपूर जैसे अभिनेता तो आनन्द बख़्शी के बिना क्रमशः धर्मेन्द्र, जितेन्द्र, राजेश खन्ना व ऋषि कपूर होते ही नहीं।

इन्होंने संगीतकार चित्रगुप्त के साथ काम किया तो उनके सुपुत्रों आनन्द और मिलिन्द के साथ भी काम किया। रोशन साहब के साथ तो राजेश रोशन के साथ भी। एस. डी. बर्मन और उनके पुत्र आर. डी. बर्मन के साथ भी। नदीम श्रवण के साथ तो श्रवण के पुत्रों—संजीव दर्शन के साथ भी। यह लिस्ट अभी लम्बी है।

धर्मेन्द्र के लिए गीत लिखा तो उनकी पत्नी हेमा मालिनी के लिए भी, और धर्मेन्द्र के पुत्रों—सनी दयोल व बॉबी दयोल के लिए भी। धर्मेन्द्र की पुत्री ईशा दयोल के लिए भी। राजेश खन्ना के लिए गीत लिखा तो उनकी पत्नी डिम्पल के लिए भी, उनकी प्रेमिका टीना मुनीम के लिए भी, उनकी साली सिम्पल के लिए भी, उनकी बेटी ट्विंकल के लिए भी और उनके दामाद अक्षय कुमार के लिए भी। पृथ्वीराज कपूर सहित राजकपूर, शम्मी कपूर, शशि कपूर, रणधीर कपूर, बबीता कपूर, ऋषि व नीतू कपूर, करिश्मा कपूर, करीना कपूर याने पूरे कपूर ख़ानदान के लिए लिखा। यह लिस्ट और लम्बी है।

बख़्शी जी कहते थे, "इतने साल काम करते रहने से पूरी इन्डस्ट्री मुझे अपना परिवार लगती है। अब अपने परिवार की बात या शिकायत हम क्या करें और किससे करें ?"

वे बहुत कम बातचीत करते थे। दिन-भर जो विचार मन में जमा होते उन्हें

रात में काग़ज़ पर उतार देते थे गीत की शक्ल में। भाषण देना उन्हें नापसन्द था। ऐसे मौक़ों पर आप फूट निकलते थे।

शायर वक़्त से आगे की सोचता है। ज़माना आपको छोड़ने की सोचे इसके पहले ही आपने ज़माने को अलविदा कह दिया।...और वह भी इस शान से कि आपकी मृत्यु के एक सप्ताह पहले आपकी लिखी फ़िल्म 'क्रान्ति' रिलीज़ हुई तो मृत्यु के एक रोज़ बाद 'प्यार दीवाना होता है' और 'कितने दूर कितने पास।'

आपको 'अपनापन' के गीत 'आदमी मुसाफ़िर है...', 'एक दूजे के लिए' के गीत 'तेरे मेरे बीच में कैसा है ये बन्धन अनजाना...' और 'ताल' के गीत 'गुड़ से मीठा इश्क़ इश्क़...' के लिए तीन फ़िल्मफ़ेयर अवार्ड मिले थे।

बख़्शी जी जब बीच में एक बार अस्पताल से कुछ दिनों के लिए घर आए थे तब बस इतना ही कहा था, 'इंसान को अपनी ज़िन्दगी में अपने परिवार वालों का साथ कभी नहीं छोड़ना चाहिए। आख़िरी वक़्त में वही काम आते हैं।'

बख़्शी साहब के परिवार में बख़्शी जी की पत्नी, दो बेटे और दो बेटियाँ हैं। उनकी पत्नी ऐसी सुशीला हैं कि फ़िल्म-जगत की हवा ने उन्हें अभी तक नहीं छुआ है। दोनों बेटियों की शादी हो चुकी है। बड़े बेटे राजेश बख़्शी फ़िल्म-प्रोडक्शन में रुचि रखते हैं तो छोटे राकेश बख़्शी फ़िल्मकार सुभाष घई के यहाँ कहानी विभाग में हैं।

बख़्शी जी भावुक तो थे ही सुलझे हुए इंसान भी थे। उन्हें 1970 में 'आराधना' की सफलता पर जब निर्माता-निर्देशक शक्ति सामन्त ने एक गाड़ी भेंट की तो बख़्शी साहब ने बाद में गाड़ी की क़ीमत शक्ति सामन्त को इसीलिए चुकाई कि गाड़ी का यह उपहार कहीं दोस्ती पर भारी न पड़ जाए।

उम्र के आख़िरी दिनों में भी वे समय और काम के बेहद पक्के थे। उनसे कभी किसी प्रोड्यूसर या म्यूज़िक डायरेक्टर को कोई शिकायत नहीं रही थी।

उनके सहयोगी गीतकार जब उन्हें गीत लेखन की एवज़ में ज़्यादा पैसे लेने के लिए उकसाते तो उनका जवाब यही होता, "मुझे ज़रूरत से ज़्यादा मिल रहा है। आज मेरे पास तीन-तीन गाड़ियाँ हैं। अच्छा फ़्लैट है। फिर मैं तो बस 'ऑल इण्डिया रेडियो' से अपना एक गीत सुनने भर की तमन्ना लेकर बम्बई आया था। मुझे तो उससे 5000 गुणा ज़्यादा सफलता मिल गई है। मुझे और कुछ नहीं चाहिए।"

–विजय अकेला

मैं शायर बदनाम

रज़िया सुल्ताना

1961

ढलती जाए रात
कह ले दिल की बात
शम्मा परवाने का
ना होगा फिर साथ
ढलती जाए रात...

मस्त नज़ारे चाँद सितारे
रात के मेहमाँ हैं ये सारे
उठ जाएगी शब की महफ़िल
नूर-ए-सहर के सुनके नक्कारे
हो न हो दोबारा मुलाक़ात
ढलती जाए रात...

नींद के बश में खोई-खोई
कुल दुनिया है सोई-सोई
ऐसे में भी जाग रहा है
हम तुम जैसा कोई-कोई
क्या हँसी है तारों की बारात
ढलती जाए रात...

जो भी निगाहें चार है करता
उस पे जमाना वार है करता
राह-ए-वफ़ा का बनके राही

फिर भी तुम्हें दिल प्यार है करता
बैठा न हो लेके कोई घात
ढलती जाए रात...

काला समन्दर

1962

मेरी तस्वीर लेकर क्या करोगे तुम
मेरी तस्वीर लेकर
दिल-ए-दिलगीर लेकर
लुटी जागीर लेकर
जली तक़दीर लेकर क्या करोगे तुम
मेरी तस्वीर लेकर क्या करोगे तुम...

चले हो अब न जाने कब मिलोगे
सबब कोई बनेगा तब मिलोगे
न जीने का न मरने का बहाना
कटेगा कैसे फ़ुरकत का ज़माना
हमें दे जाओ इक अपनी निशानी
बड़ी होगी तुम्हारी मेहरबानी
सकूँ की तो कोई तदबीर होगी
हमारे पास ये तस्वीर होगी
मेरी तस्वीर भी मुझ-सी कहाँ है
कि ये बेजान है ये बेज़ुबाँ है
तुम्हारे काम ये न आ सकेगी
तुम्हारा दिल न ये बहला सकेगी
जुनूँ में तो गिरेबाँ चाक होगा
कि परवाना तो जलके ख़ाक होगा
तुम्हारे सामने जब हम न होंगे
ये ग़म तस्वीर से तो कम न होंगे

यूँ ही तड़पोगे तुम आहें भरोगे क्या करोगे तुम
मेरी तस्वीर लेकर क्या करोगे तुम...

बजा है बात ये हम मानते हैं
न बहलेगी तबीयत जानते हैं
करेंगे हसरत-ए-फ़रियाद अक्सर
कि तुम आया करोगे याद अक्सर
ग़म-ए-फ़ुरकत न होगा यूँ गवारा
मगर थोड़ा-सा तो होगा सहारा
जुदाई में मुलाक़ातें करेंगे
कि हम तस्वीर से बातें करेंगे
ख़्यालों में बसा लो मेरी सूरत
मेरी तस्वीर की है क्या ज़रूरत
मेरी यादों को समझो यादगारें
ख़िज़ाँ में भी रहेंगी फिर बहारें
समाँ ख़्वाबों का होता है सोहाना
कभी आना कभी मुझको बुलाना
हमें इक-दूसरे की दीद होगी
निगाहों की दिलों की ईद होगी
न मानोगे तो रो-रो के मरोगे क्या करोगे तुम
मेरी तस्वीर लेकर क्या करोगे तुम...

बहाने पर बनाते हो बहाना
दीवाने हो बनाते हो दीवाना
ख़ुदा जाने तुम्हें इनकार क्यूँ है
हमें फिर भी तुम्हीं से प्यार क्यूँ है
सितम के तीर हम पे छोड़ते हो
बड़े बेदर्द हो दिल तोड़ते हो
न ऐसी बेवफ़ा बेपीर होगी
भली तुमसे तो ये तस्वीर होगी
गुज़ारिश आपके दिलदार की है
वजह इक और भी इनकार की है

ज़माने की निगाहों से बचा के
इसे तुम लाख रखोगे छुपा के
किसी दिन देख ही लेगा ज़माना
बड़ा मशहूर होगा ये फ़साना
जो लोगों की ज़बाँ तक बात पहुँचे
तो फिर जाने कहाँ तक बात पहुँचे
कहो तो प्यार को रूसवा करोगे क्या करोगे तुम
मेरी तस्वीर लेकर क्या करोगे तुम...

हमें मंज़ूर ये रुस्वाइयाँ हैं
कि इनसे भी बुरी तन्हाइयाँ हैं
मुहब्बत के नहीं दस्तूर ऐसे
हमें चर्चे नहीं मंज़ूर ऐसे
वफ़ा में लोग लुटाते हैं जानें
तुम्हें आशिक़ भला हम कैसे मानें
शुब्हा हो इश्क़ में तो इम्तहाँ लो
मेरी तस्वीर न लो मेरी जाँ लो
कहो जान-ए-वफ़ा अब क्या कहोगे क्या करोगे तुम
मेरी तस्वीर लेकर क्या करोगे तुम...

ज़ुबाँ क्यूँ रुक गई है
निगाह क्यूँ झुक गई है
अजी घबरा गए क्या
कहो शरमा गए क्या
अभी है रात बाक़ी
अभी है बात बाक़ी
अभी से हार बैठे
दिल-ओ-जाँ वार बैठे
नया अन्दाज़ कोई
नई परवाज़ कोई
लबों को सी लिया क्या
दिल उठा भी लिया क्या

चलो तक़रार आगे
चलो सरकार आगे
बने तस्वीर क्या बैठे रहोगे तुम
मेरी तस्वीर लेकर क्या करोगे तुम...

फूल बने अंगारे

1963

हिमाला की बुलन्दी से सुनो आवाज़ है आई
कहो माँओं से दे बेटे कहो बहनों से दे भाई
वतन पे जो फ़िदा होगा
अमर वो नौजवाँ होगा
रहेगी जब तलक दुनिया
ये अफ़साना बयाँ होगा
वतन पे जो फ़िदा होगा...

हिमाला कह रहा है इस वतन के नौजवानों से
खड़ा हूँ सन्तरी बन के मैं सरहद पे ज़मानों से
भला इस वक़्त देखूँ
कौन मेरा पासबाँ होगा
वतन पे जो फ़िदा होगा...

चमन वालों की ग़ैरत को है सैयादों ने ललकारा
उठो हर फूल से कह दो कि बन जाए वो अंगारा
नहीं तो दोस्तो रूसवा
हमारा गुलसिताँ होगा
वतन पे जो फ़िदा होगा...

हमारे एक पड़ोसी ने हमारे घर को लूटा है
भरम एक दोस्त की बस दोस्ती का ऐसे टूटा है
कि अब हर दोस्त पे दुनिया को

दुश्मन का गुमाँ होगा
वतन पे जो फ़िदा होगा...

सिपाही देते हैं आवाज़ माताओं को बहनों को
हमें हथियार ले दो बेच डालो अपने गहनों को
कि इस क़ुर्बानी पे क़ुर्बां
वतन का हर जवाँ होगा
वतन पे जो फ़िदा होगा...

●●

चाँद आहें भरेगा
फूल दिल थाम लेंगे
हुस्न की बात चली तो
सब तेरा नाम लेंगे
चाँद आहें भरेगा...

ऐसा चेहरा है तेरा
जैसे रौशन सवेरा
जिस जगह तू नहीं है
उस जगह है अँधेरा
कैसे फिर चैन तुझ बिन
तेरे बदनाम लेंगे
हुस्न की बात चली तो
सब तेरा नाम लेंगे
चाँद आहें भरेगा...

आँखें नाजुक-सी कलियाँ
बात मिसरी की डलियाँ
होंट गंगा के साहिल
जुल्फ़ें जन्नत की गलियाँ
तेरी ख़ातिर फरिश्ते

सर पे इल्ज़ाम लेंगे
हुस्न की बात चली तो
सब तेरा नाम लेंगे
चाँद आहें भरेगा...

जब-जब फूल खिले

1965

परदेसियों से ना अखियाँ मिलाना
परदेसियों को है इक दिन जाना
परदेसियों से ना अखियाँ मिलाना...

हमने यही इक बार किया था
इक परदेसी से प्यार किया था
ऐसे जलाए दिल जैसे परवाना
परदेसियों से ना अखियाँ मिलाना...

ये बाबुल का देस छुड़ाए
देस से ये परदेस बुलाए
हाय सुने ना ये कोई बहाना
परदेसियों से ना अखियाँ मिलाना...

प्यार से अपने ये नहीं होते
ये पत्थर हैं ये नहीं रोते
इनके लिए ना आँसू बहाना
परदेसियों से ना अखियाँ मिलाना...

ना ये बादल ना ये तारे
ये काग़ज़ के फूल हैं सारे
इन फूलों के ना बाग़ लगाना
परदेसियों से ना अखियाँ मिलाना...

सच ही कहा है पंछी इनको
रात को ठहरे तो उड़ जाए दिन को
आज यहाँ कल वहाँ है ठिकाना
परदेसियों से ना अखियाँ मिलाना...

बाग़ों में जब-जब फूल खिलेंगे
तब-तब ये हरजाई मिलेंगे
गुज़रेगा कैसे पतझड़ का ज़माना
परदेसियों से ना अखियाँ मिलाना...

●●

एक था गुल और एक थी बुलबुल
दोनों चमन में रहते थे
है ये कहानी बिल्कुल सच्ची
मेरे नाना कहते थे
एक था गुल...

बुलबुल कुछ ऐसे गाती थी
जैसे तुम बातें करती हो
वो गुल ऐसे शरमाता था
जैसे मैं घबरा जाता हूँ
बुलबुल को मालूम नहीं था
गुल क्यों ऐसे शरमाता है
वो क्या जाने उसका नग़मा
गुल के दिल को धड़काता था
दिल के भेद न आते लब पे
ये दिल में ही रहते थे
एक था गुल...

लेकिन आख़िर दिल की बातें
ऐसे कितने दिन छुपती हैं

ये वो कलियाँ हैं जो इक दिन
बस काँटें बनकर चुभती हैं
इक दिन जान लिया बुलबुल ने
वो गुल उसका दीवाना है
तुमको पसन्द आया हो तो बोलो
फिर आगे जो अफ़साना है
हाँ, बोलो न
इक दूजे का हो जाने पर
वो दोनों मज़बूर हुए
उन दोनों के प्यार के क़िस्से
गुलशन में मशहूर हुए
साथ जिएँगे साथ मरेंगे
वो दोनों ये कहते थे
एक था गुल...

फिर इक दिन की बात सुनाऊँ
इक सैयाद चमन में आया
ले गया वो बुलबुल को पकड़ के
और दीवाना गुल मुरझाया
शायर लोग बयाँ करते हैं
ऐसे उनकी जुदाई की बातें
गाते थे ये गीत वो दोनों
सैंयाँ बिना नहीं कटती रातें
हाय
मस्त बहारों का मौसम था
आँख से आँसू बहते थे
एक था गुल...

आती थी आवाज़ हमेशा
ये झिलमिल-झिलमिल तारों से
जिसका नाम मोहब्बत है वो
कब रुकती है दीवारों से

इक दिन आह गुल-ओ-बुलबुल की
उस पिंजरे से जा टकराई
टूटा पिंजरा छूटा क़ैदी
देता रहा सैयाद दुहाई
रोक सके न उसको मिलके
सारा ज़माना सारी ख़ुदाई
गुल साजन को गीत सुनाने
बुलबुल बाग़ में वापस आई
राजा बहुत अच्छी कहानी थी
याद सदा रखना ये कहानी
चाहे जीना चाहे मरना
तुम भी किसी से प्यार करो तो
प्यार गुल-ओ-बुलबुल-सा करना

●●

कभी पहले देखा नहीं ये समाँ
ये मैं भूले से आ गया हूँ कहाँ
यहाँ मैं अजनबी हूँ
मैं जो हूँ बस वो ही हूँ
यहाँ मैं अजनबी हूँ...

कहाँ शाम-ओ-सहर ये
कहाँ दिन-रात मेरे
बहुत रूसवा हुए हैं
यहाँ जज़्बात मेरे
नई तहज़ीब है ये
नया है ये ज़माना
मगर मैं आदमी हूँ
वो ही सदियों पुराना
मैं क्या जानूँ ये बातें
ज़रा इंसाफ़ करना

मेरी गुस्ताख़ियों को
खुदारा माफ़ करना
यहाँ मैं अजनबी हूँ...

तेरी बाँहों में देखूँ
सनम ग़ैरों की बाँहें
मैं लाऊँगा कहाँ से
भला ऐसी निगाहें
ये कोई रक़्स होगा
कोई दस्तूर होगा
मुझे दस्तूर ऐसा
कहाँ मंज़ूर होगा
भला कैसे ये मेरा
लहू हो जाए पानी
मैं कैसे भूल जाऊँ
मैं हूँ हिन्दोस्तानी
यहाँ मैं अजनबी हूँ...

तुझे भी है शिकायत
तुझे भी तो गिला है
यही शिकवे हमारी
मोहब्बत का सिला है
कभी मग़रिब से मशरिक़
मिला है जो मिलेगा
जहाँ का फूल है जो
वहीं पे वो खिलेगा
तेरे ऊँचे महल में
नहीं मेरा गुज़ारा
मुझे याद आ रहा है
वो छोटा-सा शिकारा
यहाँ मैं अजनबी हूँ...

हिमालय की गोद में

1965

चाँद-सी महबूबा हो मेरी कब ऐसा मैंने सोचा था
हाँ तुम बिल्कुल वैसी हो जैसा मैंने सोचा था
चाँद-सी महबूबा...

ना क़समें हैं ना रस्में हैं
ना शिकवे हैं ना वादे हैं
इक सूरत भोली-भाली है
दो नयना सीधे-सादे हैं
ऐसा ही रूप ख़्यालों में था जैसा मैंने सोचा था
हाँ तुम बिल्कुल वैसी हो जैसा मैंने सोचा था
चाँद-सी महबूबा...

मेरी खुशियाँ ही ना बाँटे
मेरे ग़म भी सहना चाहे
देखे ना ख़्वाब वो महलों के
मेरे दिल में रहना चाहे
इस दुनिया में कौन था ऐसा जैसा मैंने सोचा था
हाँ तुम बिल्कुल वैसी हो जैसा मैंने सोचा था
चाँद-सी महबूबा...

छोटा भाई

1966

गाँ गुझे अपने आँचल में छुपा ले गले से लगा ले
कि और मेरा कोई नहीं
फिर न सताऊँगा कभी पास बुला ले गले से लगा ले
कि और मेरा कोई नहीं
माँ मुझे अपने आँचल में छुपा ले...

भूल मेरी छोटी-सी भूल जाओ माता
ऐसे कोई अपनों से रूठ नहीं जाता
रूठ गया हूँ मैं तू मुझको मना ले गले से लगा ले
कि और मेरा कोई नहीं
माँ मुझे अपने आँचल में छुपा ले...

ना तो यहाँ अँधियारा ना कोई जोत है
ना तो यहाँ जीवन है ना यहाँ मौत है
तूने किया है मुझको किसके हवाले गले से लगा ले
कि और मेरा कोई नहीं
माँ मुझे अपने आँचल में छुपा ले...

आसरा

1966

नींद कभी रहती थी आँखों में
अब रहते हैं साँवरिया
चैन कभी रहता था इस दिल में
अब रहते हैं साँवरिया
नींद कभी रहती थी...

लोग मुझसे कहें देखो उधर निकला है चाँद
कौन देखे उधर जाने किधर निकला है चाँद
चाँद कभी रहता था नज़रों में
अब रहते हैं साँवरिया
नींद कभी रहती थी...

झूट बोली पवन, कहने लगी आई बहार
हम बाग़ में गए देखा वहाँ प्यार ही प्यार
फूल रहते होंगे चमन में कभी
अब रहते हैं साँवरिया
नींद कभी रहती थी...

बात पहले थी और तूफ़ान से डरते थे हम
बात अब और है अब है हमें काहे का ग़म
पास कभी माझी थे संग लेकिन
अब रहते हैं साँवरिया
नींद कभी रहती थी...

देवर

1966

दुनिया में ऐसा कहाँ सबका नसीब है
कोई कोई अपने पिया के क़रीब है
दुनिया में ऐसा कहाँ...

दूर ही रहते हैं उनसे किनारे
जिनको न कोई माझी पार उतारे
साथ है माझी तो किनारा भी क़रीब है
दुनिया में ऐसा कहाँ...

चाहे बुझा दे कोई दीपक सारे
प्रीत बिछाती जाए राहों में तारे
प्रीत-दीवानी की कहानी भी अजीब है
दुनिया में ऐसा कहाँ...

बरखा की रुत हो या दिन हों बहार के
लगते हैं सूने-सूने बिन तेरे प्यार के
तू है तो ज़िन्दगी को ज़िन्दगी नसीब है
दुनिया में ऐसा कहाँ...

●●

बहारों ने मेरा चमन लूटकर
खिज़ाँ को ये इल्ज़ाम क्यों दे दिया
किसी ने चलो दुश्मनी की अगर
इसे दोस्ती नाम क्यों दे दिया

बहारों ने मेरा चमन लूटकर...

मैं समझा नहीं अय मेरे हमनशीं
सज़ा ये मिली है मुझे किसलिए
कि साक़ी ने लब से मेरे छीनकर
किसी और को जाम क्यों दे दिया
बहारों ने मेरा चमन लूटकर...

मुझे क्या पता था कभी इश्क़ में
रक़ीबों को क़ासिद बनाते नहीं
ख़ता हो गई मुझसे क़ासिद मेरे
तेरे हाथ पैग़ाम क्यों दे दिया
बहारों ने मेरा चमन लूटकर...

ख़ुदाया यहाँ तेरे इंसाफ़ के
बहुत मैंने चर्चे सुने हैं मगर
सज़ा की जगह इक ख़तावार को
भला तूने ईनाम क्यों दे दिया
बहारों ने मेरा चमन लूटकर...

●●

आया है मुझे फिर याद वो ज़ालिम
गुज़रा ज़माना बचपन का
हाय रे अकेले छोड़ के जाना
और न आना बचपन का
आया है मुझे फिर याद वो ज़ालिम...

वो खेल वो साथी वो झूले
वो दौड़ के कहना आ छू ले
हम आज तलक भी ना भूले
वो ख़्वाब सुहाना बचपन का
आया है मुझे फिर याद वो ज़ालिम...

इसकी सबको पहचान नहीं
ये दो दिन का मेहमान नहीं
मुश्किल है बहुत आसान नहीं
ये प्यार भुलाना बचपन का
आया है मुझे फिर याद वो ज़ालिम...

मिलकर रोएँ फ़रियाद करें
उन बीते दिनों की याद करें
अय काश कहीं मिल जाए कोई
जो मीत पुराना बचपन का
आया है मुझे फिर याद वो ज़ालिम...

आए दिन बहार के

1966

अब के बरस भी बीत न जाए ये सावन की रातें
देख ले मेरी ये बेचैनी और लिख दे दो बातें

ख़त लिख दे सँवरिया के नाम बाबू
कोरे काग़ज़ पे लिख दे सलाम बाबू
वो जान जाएँगे पहचान जाएँगे
कैसे होती है सुबह से शाम बाबू
ख़त लिख दे...

सारे वादे निकले झूठे
सामने हो तो कोई उनसे रूठे
ले गई बैरन शहर पिया को
राम करे कि ऐसी नौकरी छूटे
उन्हें जिसने बनाया गुलाम बाबू
ख़त लिख दे...

जब आएँगे सजना मेरे
खन-खन खनकेंगे कंगना मेरे
पास गली में घर है मेरा
उस दिन तू भी आना अँगना मेरे
कुछ तुझको मैं दूँगी ईनाम बाबू
ख़त लिख दे...

और बहुत कुछ है लिखवाना
कैसे बताऊँ तुझे तू बेगाना
शर्म से अँखियाँ झुक जाएँगी
धड़क उठेगा मेरा दिल दीवाना
बस आगे नहीं तेरा काम बाबू
ख़त लिख दे...

●●

साथिया नहीं जाना कि जी ना लगे
मौसम है सुहाना कि जी ना लगे
साथिया मैंने माना कि जी ना लगे
जी को था समझाना कि जी ना लगे
साथिया नहीं जाना...

मेरे अच्छे बालमा छोड़ो आज बइयाँ
वो झूटा जो सइयाँ कल आए ना
जा के फिर आओगी आ के फिर जाओगी
आने-जाने में जवानी ढल जाए ना
छोड़ो आना जाना कि जी ना लगे
साथिया नहीं जाना...

जी का बुरा हाल है जब से जी लगाया
तुझे जी में बसाया तेरे हो लिए
जी का था ख़्याल तो काहे जी लगाया
मुझे जी में बसाया ऐ जी बोलिए
अब काहे पछताना कि जी ना लगे
साथिया नहीं जाना...

जाने की तो बालमा मर्ज़ी नहीं मेरी
डर लगदाए बैरी जग वालों से

छड्डो वी न सोनियो जग से डरते हो
जग ख़ुद डरता है दिल वालों से
छोड़ो ये बहाना कि जी ना लगे
साथिया नहीं जाना...

तक़दीर

1967

जब-जब बहार आई
और फूल मुस्कुराए
मुझे तुम याद आए
जब-जब भी चाँद निकला
और तारे जगमगाए
मुझे तुम याद आए
जब-जब बहार आई...

अपना कोई तराना मैंने नहीं बनाया
तुमने मेरे लबों पे हर एक सुर सजाया
जब-जब मेरे तराने
दुनिया ने गुनगुनाए
मुझे तुम याद आए
जब-जब बहार आई...

एक प्यार और वफ़ा की तस्वीर मानता हूँ
तस्वीर क्या तुम्हें मैं तक़दीर मानता हूँ
देखी नज़र ने ख़ुशियाँ
या देखे ग़म के साए
मुझे तुम याद आए
जब-जब बहार आई...

मुमकिन है ज़िन्दगानी कर जाए बेवफ़ाई

लेकिन ये प्यार वो है जिसमें नहीं जुदाई
इस प्यार के फ़साने
जब-जब जुबाँ पे आए
मुझे तुम याद आए
जब-जब बहार आई...

आमने-सामने

1967

कभी रात-दिन हम दूर थे
दिन-रात का अब साथ है
वो भी इत्तेफ़ाक़ की बात थी
ये भी इत्तेफ़ाक़ की बात है
कभी रात-दिन हम दूर थे...

तेरी आँख में है खुमार-सा
मेरी चाल में है सुरूर-सा
ये बहार कुछ है पिये हुए
ये समाँ नशे में है चूर-सा
कभी इन फ़िज़ाओं में प्यास थी
अब मौसम-ए-बरसात है
वो भी इत्तेफ़ाक़ की बात थी
ये भी इत्तेफ़ाक़ की बात है
कभी रात-दिन हम दूर थे...

मुझे तुमने कैसे बदल दिया
हैराँ हूँ मैं इस बात पर
मेरा दिल धड़कता है आजकल
तेरी शोख़ नज़रों से पूछकर
मेरी जाँ कभी मेरे बस में थी
अब ज़िन्दगी तेरे हाथ है
वो भी इत्तेफ़ाक़ की बात थी

ये भी इत्तेफ़ाक़ की बात है
कभी रात-दिन हम दूर थे...

यूँ ही आज तक रहे हम जुदा
तुम्हें क्या मिला हमें क्या मिला
कभी तुम ख़फ़ा कभी हम ख़फ़ा
कभी ये गिला कभी वो गिला
कितने बुरे थे वो दिन सनम
कितनी हसीन ये रात है
वो भी इत्तेफ़ाक़ की बात थी
ये भी इत्तेफ़ाक़ की बात है
कभी रात-दिन हम दूर थे...

नाइट इन लंदन

1967

बाहोश-ओ-हवास मैं दीवाना
ये आज वसीयत करता हूँ
ये दिल ये जान मिले तुमको
मैं तुमसे मोहब्बत करता हूँ
बाहोश-ओ-हवास मैं दीवाना...

मेरे जीते जी यार तुम्हें
मेरी सारी जागीर मिले
वो ख़्वाब जो मैंने देखे हैं
उन ख़्वाबों की ताबीर मिले
हर एक तमन्ना के बदले
मैं आज ये हसरत करता हूँ
ये दिल ये जान मिले तुमको
मैं तुमसे मोहब्बत करता हूँ
बाहोश-ओ-हवास मैं दीवाना...

मेरी आँखों में नींद नहीं
मेरे होटों पे प्यास नहीं
हर चीज़ तुम्हारे नाम हुई
अब कुछ भी मेरे पास नहीं
तुमने तो लूट लिया मुझको
मैं तुमसे शिक़ायत करता हूँ
ये दिल ये जान मिले तुमको
मैं तुमसे मोहब्बत करता हूँ
बाहोश-ओ-हवास मैं दीवाना...

मिलन

1967

आज दिल पे कोई ज़ोर चलता नहीं
मुस्कराने लगे थे मगर रो पड़े
रोज़ ही की तरह आज भी दर्द को
हम छुपाने लगे थे मगर रो पड़े
आज दिल पे कोई...

और अब क्या कहें क्या हुआ है हमें
तुम तो हो बेख़बर हम भी अनजान हैं
बस यही जान लो तो बहुत हो गया
हम भी रखते हैं दिल हम भी इंसान हैं
मुस्कुराते हुए हम बहाना कोई
फिर बनाने लगे थे मगर रो पड़े
आज दिल पे कोई...

हैं सितारे कहाँ इतने आकाश पर
हर किसी को अगर इक सितारा मिले
कश्तियों के लिए ये भँवर भी तो है
क्या ज़रूरी है सबको किनारा मिले
बस यही सोच के हम बढ़े चैन से
डूब जाने लगे थे मगर रो पड़े
आज दिल पे कोई...

उम्र भर काश हम यूँ ही रोते रहें

आज क्यूँकि हमें ये हुई है ख़बर
मुस्कराहट की तो कोई क़ीमत नहीं
आँसुओं से हुई है हमारी क़दर
बादलों की तरह हम तो बरसे बिना
लौट जाने लगे थे मगर रो पड़े
आज दिल पे कोई...

●●

राम करे ऐसा हो जाए
मेरी निन्दिया तोहे मिल जाए
मैं जागूँ तू सो जाए
राम करे ऐसा हो जाए...

गुज़र जाएँ सुख से तेरी दुख भरी रतियाँ
बदल लूँ मैं तोसे अखियाँ
बस में अगर हो ये बतियाँ
माँगूँ दुआएँ हाथ उठाए
मेरी निन्दिया तोहे मिल जाए
मैं जागूँ तू सो जाए
राम करे ऐसा हो जाए...

तू ही नहीं मैं ही नहीं सारा ज़माना
दर्द का है एक फ़साना
आदमी हो जाए दीवाना
याद करे गर भूल न जाए
मेरी निन्दिया तोहे मिल जाए
मैं जागूँ तू सो जाए
राम करे ऐसा हो जाए...

स्वप्न चला आए कोई चोरी-चोरी
मस्त पवन गाए लोरी

चन्द्र-किरण बनके डोरी
तेरे मन को झूला झुलाए
मेरी निन्दिया तोहे मिल जाए
मैं जागूँ तू सो जाए
राम करे ऐसा हो जाए...

●●

सावन का महीना पवन करे सोर
सावन का महीना पवन करे शोर
ऊ हूँ पवन करे सोर
पवन करे शोर
अरे बाबा शोर नहीं सोर सोर सोर
पवन करे सोर
पवन करे सोर
हाँ
जियरा रे झूमे ऐसे जैसे बनमा नाचे मोर
सावन का महीना...

रामा गजब ढाए ये पुरवइया
नइया सँभालो कित खोए हो खिवैया
पुरवइया के आगे चले न कोई ज़ोर
जियरा रे झूमे ऐसे जैसे बनमा नाचे मोर
सावन का महीना...

मौजवा करे क्या जाने हमको इशारा
जाना कहाँ है पूछे नदिया की धारा
मरज़ी है तुम्हारी ले जाओ जिस ओर
जियरा रे झूमे ऐसे जैसे बनमा नाचे मोर
सावन का महीना...

जिनके बलम बैरी गए हैं बिदेसवा

आई है लेके उनके प्यार का संदेसवा
कारी मतवारी घटाएँ घनघोर
जियरा रे झूमे ऐसे जैसे बनमा नाचे मोर
सावन का महीना...

जुआरी

1968

हमसफ़र अब ये सफ़र कट जाएगा
रास्ते में जी न अब घबराएगा
हमसफ़र अब ये सफ़र कट जाएगा...

इस क़दर रंगीन हैं लम्हात ये
हमक़दम पहले कहाँ थी बात ये
कोई हसरत थी न कोई याद थी
ज़िन्दगी क्या थी कोई फ़रियाद थी
दिल मेरा तो मुझसे भी अनजान था
एक पत्थर की तरह बेजान था
प्यार तेरा अब इसे धड़काएगा
हमसफ़र अब ये सफ़र कट जाएगा...

सूनी राहें और काली रात थी
अपनी तो परछाईं भी ना साथ थी
हर क़दम पर आ रहा था ये ख़्याल
तनहा मंज़िल तक पहुँचना है मुहाल
ऐसे में वीरान से एक मोड़ पर
जी उठी मैं तेरी सूरत देखकर
अब ये वीराना चमन कहलाएगा
हमसफ़र अब ये सफ़र कट जाएगा...

मेरी नज़रों को है दुनिया से गिला

चल दिया वो छोड़कर जो भी मिला
मुझपे लोगों ने किए हैं जो सितम
मैं बड़ी मुश्किल से भूली हूँ सनम
देखना तू भी यही करना नहीं
दिलजलों से दिल्लगी करना नहीं
उम्र भर वरना ये ग़म तड़पाएगा
ये मुसाफ़िर राह में रह जाएगा
ये रहा वादा न दिन वो आएगा
हमसफ़र अब ये सफ़र कट जाएगा...

राजा और रंक

1968

मेरा नाम है चमेली
मैं हूँ मालन अलबेली
चली आई मैं अकेली बीकानेर से
ओ दारोग़ा बाबू बोलो
ज़रा दरवज़्ज़ा तो खोलो
खड़ी हूँ मैं दरवज़े पे बड़ी देर से
मेरा नाम है चमेली...

मैं बाग़ों से चुन-चुन के लाई चम्पा की कलियाँ
ये कलियाँ बिछा के मैं सजा दूँ तेरी गलियाँ
रे अखियाँ मिला मेरी अखियों से
मैं फूलों की रानी
मैं बहारों की सहेली
मेरा नाम है चमेली...

मेरा मनवा ऐसे धड़के जैसे डोले नैया
ओ बेदर्दी ओ हरजाई ओ बाँके सिपैया
रे घुँघटा मेरा तैने क्यूँ खोला
मैं ऐसे शरमाई जैसे
दुल्हन नई नवेली
मेरा नाम है चमेली...

आराधना

1969

बाग़ों में बहार है
है
कलियों पे निखार है
है
तुमको मुझसे प्यार है
ना ना ना ना ना ना
बाग़ों में बहार है...

छोड़ो हटो जाओ पकड़ो न बइयाँ
आऊँ न मैं तेरी बातों में सइयाँ
तुमने कहा है देखो, देखो मुझे सइयाँ
बोलो
तुमको इक़रार है
हाँ है
फिर भी इनकार है
हाँ है
तुमको मुझसे प्यार है
ना ना ना ना ना ना
बाग़ों में बहार है...

तुमने कहा था मैं सौ दुख सहूँगी
छुपके पिया तेरे मन में रहूँगी
मैं सब कहूँगी लेकिन वो ना कहूँगी

जिसका
तुमको इन्तज़ार है
है
फिर भी तक़रार है
है
तुमको मुझसे प्यार है
ना ना ना ना ना ना
बाग़ों में बहार है...

अच्छा चलो छेड़ो आगे कहानी
होती है क्या बोलो प्यार की निशानी
बेचैन रहती है प्रेम दीवानी
बोलो
क्या दिल बेक़रार है
है
मुझ पे एतबार है
है
जीना दुश्वार है
है
आज सोमवार है
अरे बाबा है
तुमको मुझसे प्यार है
है
ना ना ना ना ना ना

●●

मेरे सपनों की रानी कब आएगी तू
आई रुत मस्तानी कब आएगी तू
बीती जाए ज़िन्दगानी कब आएगी तू
चली आ तू चली आ...

प्यार की गलियाँ
बाग़ों की कलियाँ
सब रंगरलियाँ
पूछ रही हैं
गीत पनघट पे किस दिन गाएगी तू
मेरे सपनों की रानी...

फूल-सी खिल के
पास आ दिल के
दूर से मिल के
चैन न आए
और कब तक मुझे तड़पाएगी तू
मेरे सपनों की रानी...

क्या है भरोसा
आशिक़ दिल का
और किसी पे
ये आ जाए
आ गया तो बहुत पछताएगी तू
मेरे सपनों की रानी...

●●

बनेगी आशा एक दिन
तेरी ये निराशा

काहे को रोए
चाहे जो होए
सफल होगी तेरी आराधना
काहे को राए...

दीया टूटे तो है माटी

जले तो ये ज्योति बने
बहें आँसू तो है पानी
रुके तो ये मोती बने
ये मोती
आँखों की
पूँजी है ये ना खोए
काहे को रोए...

समा जाएँ इसमें तूफ़ान
जिया तेरा सागर समान
नज़र तेरी काहे नादान
छलक गई गागर समान
जाने क्यों
तूने यूँ
अँसुअन से नयन भिगोए
काहे को रोए...

कहीं पे है दुःख की छाया
कहीं पे है ख़ुशियों की धूप
बुरा भला जैसा भी है
यही तो है बगिया का रूप
फूलों से
काँटों से
माली ने हार पिरोए
काहे को रोए...

●●

कोरा काग़ज़ था ये मन मेरा
लिख लिया नाम इसपे तेरा
सूना आँगन था जीवन मेरा
बस गया प्यार इसमें तेरा

कोरा काग़ज़ था ये मन मेरा...

टूट न जाएँ सपने मैं डरता हूँ
निसदिन सपनों में देखा करता हूँ
नैना कजरारे
मतवारे
ये इशारे
ख़ाली दर्पण था ये मन मेरा
रच गया रूप इसमें तेरा
कोरा काग़ज़ था ये मन मेरा...

चैन गँवाया मैंने निन्दिया गँवाई
सारी-सारी रात जाँगूँ दूँ मैं दुहाई
कहूँ क्या मैं आगे
नेहा लागे
जी ना लागे
कोई दुश्मन था ये मन मेरा
बन गया मीत जाके तेरा
कोरा काग़ज़ था ये मन मेरा...

बाग़ों में फूलों के खिलने से पहले
तेरे मेरे नैनों के मिलने से पहले
कहाँ थी ये बातें
मुलाक़ातें
ऐसी रातें
टूटा तारा था ये मन मेरा
बन गया चाँद होके तेरा
कोरा काग़ज़ था ये मन मेरा...

साजन

1969

रेशम की डोरी
कहाँ जइहो निन्दिया चुराके चोरी-चोरी
रेशम की डोरी
कहाँ जाऊँगी मैं तू है चन्दा मैं चकोरी
पीपल की छइयाँ
तेरी मेरी इक ज़िन्दड़ी ओ मेरे सैंयाँ
छोड़ूँ मैं ज़माना मैं न छोड़ूँ तेरी बइयाँ
पीपल की छइयाँ...

ईमली के बूटे
कल क्यूँ न आए मैं ना बोलूँ जाओ झूटे
बड़ा मज़ा आए मैं मनाऊँ और तू रूठे
कोठे पे आरी
तेरे नाम कर दूँ जिया ले आ पटवारी
कैसा पटवारी
तू मेरा मैं तेरी ये तो जाने दुनिया सारी
कैसा पटवारी...

पर्वत पे झरना
कोई सुन लेगा चुपके-चुपके बातें करना
प्यार किया तो बदनामी से क्या डरना
कुरता मलमल का
आज तो जाती हूँ मैं ले के वादा कल का

कल का भरोसा क्या भरोसा नहीं पल का
कुरता मलमल का...

अम्बर पे तारे
जीने नहीं देंगे तेरे नयना कजरारे
जीना हो जिसे वो आए क्यूँ प्रीतम के द्वारे
मिश्री की डलियाँ
प्यार में काँटे हैं ज़ियादा थोड़ी कलियाँ
काँटे हों या कलियाँ पी की गलियाँ
हुँ हुँ हुँ हुँ हुँ हुँ हुँ हुँ हुँ ऽ ऽ ऽ

जीने की राह

1969

आने से उसके आए बहार
जाने से उसके जाए बहार
बड़ी मस्तानी है मेरी महबूबा
मेरी ज़िन्दगानी है मेरी महबूबा
आने से उसके आए बहार...

गुनगुनाए ऐसे जैसे बजते हो घुँघरू कहीं पे
आ के पर्वतों से जैसे गिरता हो झरना जमीं पे
झरनों की मौज है वो
मौजों की रवानी है मेरी महबूबा
मेरी ज़िन्दगानी है मेरी महबूबा
आने से उसके आए बहार...

बन सँवर के निकले आए सावन का जब-जब महीना
हर कोई ये समझे होगी वो कोई चंचल हसीना
पूछो तो कौन है वो
रुत ये सुहानी है मेरी महबूबा
मेरी ज़िन्दगानी है मेरी महबूबा
आने से उसके आए बहार...

कभी रोक लेती है वो राह में
कभी रूठ जाती है वो चाह में
कहीं पे वो बरखा

कहीं पे बहार
सुनो मेहरबानो
ये क़िस्सा-ए-यार
आने से उसके आए बहार
जाने से उसके जाए बहार
बड़ी मस्तानी है मेरी महबूबा
मेरी ज़िन्दगानी है मेरी महबूबा
आने से उसके आए बहार...

इस घटा को मैं तो उसकी आँखों का काजल कहूँगा
इस हवा को मैं तो उसका लहराता आँचल कहूँगा
कलियों का बचपन है
फूलों की जवानी है मेरी महबूबा
मेरी ज़िन्दगानी है मेरी महबूबा
आने से उसके आए बहार...

बीत जाते हैं दिन कट जाती हैं आँखों में रातें
हम न जाने क्या-क्या करते रहते हैं आपस में बातें
मैं थोड़ा दीवाना
थोड़ी-सी दीवानी है मेरी महबूबा
मेरी ज़िन्दगानी है मेरी महबूबा
आने से उसके आए बहार...

सामने मैं सबके नाम उसका नहीं ले सकूँगा
वो शरम के मारे रूठ जाए तो फिर क्या करूँगा
हूरों की मल्लिका है
परियों की रानी है मेरी महबूबा
मेरी ज़िन्दगानी है मेरी महबूबा
आने से उसके आए बहार...

●●

चन्दा को ढूँढ़ने सभी तारे निकल पड़े
गलियों में वो नसीब के मारे निकल पड़े
चन्दा को ढूँढ़ने...

उनकी नज़र का जिसने नज़ारा चुरा लिया
उनके दिलों का जिसने सहारा चुरा लिया
उस चोर की तलाश में सारे निकल पड़े
चन्दा को ढूँढ़ने...

ग़म की अँधेरी रात में जलना पड़ा उन्हें
फूलों के बदले काँटों पे चलना पड़ा उन्हें
धरती पे जब गगन के दुलारे निकल पड़े
चन्दा को ढूँढ़ने...

उनकी पुकार सुनके ये दिल डगमगा गया
हमको भी कोई बिछड़ा हुआ याद आ गया
भर आई आँख आँसू हमारे निकल पड़े
चन्दा को ढूँढ़ने...

●●

सुनो इक तराना
नया इक फ़साना
कि आँगन में मेरे
सवेरे-सवेरे
इक बंजारा गाए
जीवन के गीत सुनाए
हम सब जीने वालों को
जीने की राह बताए
इक बंजारा गाए...

ज़माने वालों किताब-ए-ग़म में ख़ुशी का कोई फ़साना ढूँढ़ो
अगर जीना है ज़माने में तो हँसी का कोई बहाना ढूँढ़ो
आँखों में आँसू भी आए
तो आके मुस्काए
इक बंजारा गाए...

सभी का देखो नहीं होता है नसीबा रौशन सितारों जैसा
सयाना वो है जो पतझड़ में भी सजा ले गुलशन बहारों जैसा
कागज़ के फूलों को भी
जो महका कर दिखलाए
इक बंजारा गाए...

दो रास्ते

1969

ये रेशमी ज़ुल्फ़ें ये शरबती आँखें
इन्हें देखकर जी रहे हैं सभी
ये रेशमी ज़ुल्फें ये शरबती आँखें...

जो ये आँखें शरम से झुक जाएँगी
सारी बातें यहीं बस रुक जाएँगी
चुप रहना ये अफ़साना
कोई इनको ना बतलाना
कि इन्हें देखकर पी रहे हैं सभी
ये रेशमी ज़ुल्फें ये शरबती आँखें...

ज़ुल्फ़ें मग़रूर इतनी हो जाएँगी
दिल को तड़पाएँगी जी को तरसाएँगी
ये कर देंगी दीवाना
कोई इनको ना बतलाना
कि इन्हें देख कर जी रहे हैं सभी
ये रेशमी ज़ुल्फ़ें ये शरबती आँखें...

सारे इनकी शिकायत करते हैं
फिर भी इनसे मुहब्बत करते हैं
ये क्या जादू है जाने
फिर चाक-गिरेबाँ दीवाने
इन्हें देखकर सी रहे हैं सभी
ये रेशमी ज़ुल्फ़ें ये शरबती आँखें...

●●

ख़िज़ाँ के फूल पे आती कभी बहार नहीं
मेरे नसीब में अय दोस्त तेरा प्यार नहीं...

ना जाने प्यार में कब मैं ज़ुबाँ से फिर जाऊँ
मैं बनके आँसू खुद अपनी नज़र से गिर जाऊँ
तेरी क़सम है मेरा कोई एतबार नहीं
मेरे नसीब में अय दोस्त तेरा प्यार नहीं...

मैं रोज़ लब पे नई एक आह तकता हूँ
मैं रोज़ एक नए ग़म की राह तकता हूँ
किसी ख़ुशी का मेरे दिल को इन्तज़ार नहीं
मेरे नसीब में अय दोस्त तेरा प्यार नहीं...

ग़रीब कैसे मोहब्बत करे अमीरों से
बिछड़ गए है कई राँझे अपनी हीरों से
किसी को अपने मुक़द्दर पे अख़्तियार नहीं
मेरे नसीब में अय दोस्त तेरा प्यार नहीं...

●●

छुप गए तारे नज़ारे ओय क्या बात हो गई
तूने काजल लगाया दिन में रात हो गई
मिल गए नयना से नयना ओय क्या बात हो गई
दिल ने दिल को पुकारा मुलाक़ात हो गई
दिल ने दिल को पुकारा...

कल नहीं आना
मुझे न बुलाना
कि मारेगा ताना
ज़माना
तेरे होटों पे रात ये बहाना था
गोरी तुझको तो आज नहीं आना था
तू चली आई दुहाई ओय क्या बात हो गई

मैंने छोड़ा ज़माना तेरे साथ हो गई
तूने काजल लगाया...

अमवाँ की डाली
पे गाए मतवाली
कोयलिया काली
निराली
सावन आने का कुछ मतलब होगा
बादल छाने का कोई सबब होगा
रिमझिम छाए घटाएँ ओय क्या बात हो गई
तेरी चुनरी लहराई बरसात हो गई
दिल ने दिल को पुकारा...

छोड़ न बइयाँ
पड़ूँ तेरे पइयाँ
तारों की छइयाँ
में सइयाँ
इक वो दिन था मिलाती न थी तू अखियाँ
इक ये दिन है तू जागे सारी-सारी रतियाँ
बन गई गोरी चकोरी ओय क्या बात हो गई
जिसका डर था बेदर्दी वही बात हो गई
दिल ने दिल को पुकारा...

●●

बिन्दिया चमकेगी
चूड़ी खनकेगी
तेरी नींद उड़े ते उड़ जाए
कजरा बहकेगा
गजरा महकेगा
माही रुस जाए ते रुस जाए
बिन्दिया चमकेगी...

मैंने माना

हुआ तू दीवाना
जुलम तेरे साथ हुआ
मैं कहाँ ले जाऊँ अपनी लौंग का लश्कारा
इस लश्कारे से
आके द्वारे से
चन मुड़ जाए ते मुड़ जाए
बिन्दिया चमकेगी...

बोले कंगना
किसी का ओ सजना
जवानी पे जोर नहीं
लाख मना कर ले दुनिया कहते हैं मेरे घुँघरू
पायल बाजेगी
गोरी नाचेगी
छत टूटदी ये ते टूट जाए
बिन्दिया चमकेगी...

मैंने तुझसे
मुहब्बत की है
गुलामी नहीं की बलमा
दिल किसी का टूटे चाहे कोई मुझसे रूठे
मैं तो खेलूँगी
मैं तो छेड़ूँगी
यारी टुटदी ये ते टूट जाए
बिन्दिया चमकेगी...

मेरे आँगन
बरात लेके साजन
तू जिस रात आएगा
मैं ना बैठूँगी डोली में कह दूँगी बाबुल से
मैं ना जाऊँगी
मैं ना जाऊँगी
गड्डी टुरदी ये ते टुर जाए
बिन्दिया चमकेगी...

अनजाना

1969

क़रार खोया मुहब्बत में इस ज़माने ने
ये बात सच ही कही है किसी दीवाने ने
कि जान चली जाए
जिया नहीं जाए
जिया जाए तो फिर
जीया नहीं जाए
ये इल्ज़ाम सर पे
लिया नहीं जाए
लिया जाए तो फिर
जीया नहीं जाए
कि जान चली जाए...

ज़माने में नहीं दीवाना हम-सा
दीवाना नहीं ये ज़माना हम-सा
ये क्या जाने ये क्या समझे ये बातें प्यार की
कि प्यार हर किसी से
किया नहीं जाए
किया जाए तो फिर
जीया नहीं जाए
कि जान चली जाए...

न आए कभी नींद न आया है क़रार
हमारी तौबा हम नहीं करेंगे प्यार

बस लाओ दिल हमारा हमको दे दो ओ सनम
ये दिल लेके वापस
दिया नहीं जाए
दिया जाए तो फिर
जीया नहीं जाए
कि जान चली जाए...

चुराके नज़रें न देखो तुम ये फूल
सुनो ये बेरूख़ी हमें नहीं क़ुबुल
या हम जाएँ या कह दो ये बहार चली जाए
बहार चली जाए
पिया नहीं जाए
पिया जाए तो फिर
जीया नहीं जाए
कि जान चली जाए...

माई लव

1970

वो तेरे प्यार का गम
इक बहाना था सनम
अपनी क़िस्मत ही कुछ ऐसी थी कि दिल टूट गया
वो तेरे प्यार का ग़म...

ये न होता तो कोई दूसरा ग़म होना था
मैं तो वो हूँ जिसे हर हाल में बस रोना था
मुस्कराता भी अगर
तो छलक जाती नज़र
अपनी क़िस्मत ही कुछ ऐसी थी कि दिल टूट गया
वो तेरे प्यार का गम...

वरना क्या बात है तू कोई सितमगर तो नहीं
तेरे सीने में भी दिल है कोई पत्थर तो नहीं
तूने ढाया है सितम
तो यही समझेंगे हम
अपनी क़िस्मत ही कुछ ऐसी थी कि दिल टूट गया
वो तेरे प्यार का गम...

खिलौना

1970

खिलौना जानकर तुम तो मेरा दिल तोड़े जाते हो
मुझे इस हाल में किसके सहारे छोड़े जाते हो
खिलौना जानकर...

खुदा का वास्ता देकर मना लूँ दूर हूँ लेकिन
तुम्हारा रास्ता मैं रोक लूँ मजबूर हूँ लेकिन
कि मैं चल भी नहीं सकता हूँ और तुम दौड़े जाते हो
खिलौना जानकर...

गिला तुमसे नहीं कोई मगर अफ़सोस थोड़ा है
कि जिस ग़म ने मेरा दामन बड़ी मुश्किल से छोड़ा है
उसी ग़म से मेरा फिर आज रिश्ता जोड़े जाते हो
खिलौना जानकर...

मेरे दिल से न लो बदला ज़माने भर की बातों का
ठहर जाओ सुनो मेहमान हूँ मैं चन्द रातों का
चले जाना अभी से किसलिए मुँह मोड़े जाते हो
खिलौना जानकर...

●●

तेरी शादी पे दूँ तुझको तोहफ़ा मैं क्या
पेश करता हूँ दिल एक टूटा हुआ

खुश रहे तू सदा ये दुआ है मेरी
बेवफ़ा ही सही दिलरूबा है मेरी
खुश रहे तू सदा...

जा मैं तनहा रहूँ तुझको महफ़िल मिले
डूबने दे मुझे तुझको साहिल मिले
आज मर्ज़ी यही नाखुदा है मेरी
खुश रहे तू सदा...

उम्र भर ये मेरे दिल को तड़पाएगा
दर्दे दिल अब मेरे साथ ही जाएगा
मौत ही आख़िरी बस दवा है मेरी
खुश रहे तू सदा...

जीवन-मृत्यु

1970

झिलमिल सितारों का आँगन होगा
रिमझिम बरसता सावन होगा
ऐसा सुन्दर सपना अपना जीवन होगा
झिलमिल सितारों का...

प्रेम की गली में इक छोटा-सा घर बनाएँगे
कलियाँ ना मिले ना सही काँटों से सजाएँगे
बगिया से सुन्दर वो वन होगा
झिलमिल सितारों का...

तेरी आँखों से सारा संसार मैं देखूँगी
देखूँगी इस पार या उस पार मैं देखूँगी
नयनों को तेरा ही दर्शन होगा
झिलमिल सितारों का...

फिर तो मस्त हवाओं के हम झोंके बन जाएँगे
नयना सुन्दर सपनों के झरोके बन जाएँगे
मन आशाओं का दर्पण होगा
झिलमिल सितारों का...

रोएँगी ये आँखें फिर भी मैं तो मुस्कुराऊँगी
दुख के तूफ़ानों से भी मैं ना घबराऊँगी
जब साथ मेरे मेरा साजन होगा
झिलमिल सितारों का...

गीत

1970

मेरे मितवा मेरे मीत रे
आ जा तुझको पुकारे मेरे गीत रे
मेरे मितवा मेरे मीत रे...

नाम न जानूँ तेरा देस न जानूँ
कैसे मैं भेजूँ सन्देस न जानूँ
ये फूलों की
ये झूलों की रुत न जाए बीत रे
आ जा तुझको पुकारे मेरे गीत रे
मेरे मितवा मेरे मीत रे...

तरसेगी कब तक प्यासी नज़रिया
बरसेगी कब मेरे आँगन बदरिया
छोड़ के आजा
तोड़ के आजा दुनिया की हर रीत रे
आ जा तुझको पुकारे मेरे गीत रे
मेरे मितवा मेरे मीत रे...

चाँद चकोरी की प्रेम कहानी
प्रेम-जगत में है सबसे पुरानी
इससे पुरानी
एक कहानी तेरी मेरी प्रीत रे
आ जा तुझको पुकारे मेरे गीत रे
मेरे मितवा मेरे मीत रे...

हम ही मिले थे कभी जमुना किनारे
राधा-किशन थे कभी नाम हमारे
फिर वो मुरलिया
फिर वो पायलिया फिर वही संगीत रे
आ जा तुझको पुकारे मेरे गीत रे
मेरे मितवा मेरे मीत रे...

मेरे हमसफ़र

1970

किसी राह में किसी मोड़ पर
कहीं चल न देना तू छोड़ कर
मेरे हमसफ़र मेरे हमसफ़र
किसी हाल में किसी बात पर
कहीं चल न देना तू छोड़ कर
मेरे हमसफ़र मेरे हमसफ़र...

मेरा दिल कहे कहीं ये न हो
नहीं ये न हो नहीं ये न हो
किसी रोज़ तुझसे बिछड़ के मैं
तुझे ढूँढ़ती फिरूँ दर-बदर
मेरे हमसफ़र मेरे हमसफ़र...

तेरा रंग साया बहार का
तेरा रूप आईना प्यार का
तुझे आ नज़र में छुपा लूँ मैं
तुझे लग ना जाए कहीं नज़र
मेरे हमसफ़र मेरे हमसफ़र...

तेरा साथ है तो है ज़िन्दगी
तेरा प्यार है तो है रोशनी
कहाँ दिन ये ढल जाए क्या पता
कहाँ रात हो जाए क्या ख़बर
मेरे हमसफ़र मेरे हमसफ़र...

शराफ़त

1970

शरीफ़ों का ज़माने में अजी बस हाल वो देखा
कि शराफ़त छोड़ दी मैंने
मोहब्बत करने वालों का यहाँ अंजाम वो देखा
कि मोहब्बत छोड़ दी मैंने
शराफ़त छोड़ दी मैंने...

छुड़ा के हाथ अपनों से चली आई मैं ग़ैरों में
पहन ली घुँघरूओं की फिर वही ज़ंजीर पैरों में
मैं गाऊँगी मैं नाचूँगी इशारों पे सितमगारों के
बग़ावत छोड़ दी मैंने
शराफ़त छोड़ दी मैंने...

न हीरा है न मोती है न चाँदी है न सोना है
नहीं क़ीमत कोई दिल की ये मिट्टी का खिलौना है
मेरी दीवानगी देखो कि कहना मान के इस दिल का
ये दौलत छोड़ दी मैंने
शराफ़त छोड़ दी मैंने...

कटी पतंग

1970

प्यार दीवाना होता है
मस्ताना होता है
हर ख़ुशी से हर ग़म से
बेगाना होता है
प्यार दीवाना होता है...

शमा कहे परवाने से परे चले जा
मेरी तरह जल जाएगा यहाँ नहीं आ
वो नहीं सुनता उसको जल जाना होता है
हर ख़ुशी से हर ग़म से बेगाना होता है
प्यार दीवाना होता है...

रहे कोई सौ पर्दों में डरे शरम से
नज़र अजी लाख चुराये कोई सनम से
आ ही जाता है जिस पे दिल आना होता है
हर ख़ुशी से हर ग़म से बेगाना होता है
प्यार दीवाना होता है...

सुनो किसी शायर ने ये कहा बहुत ख़ूब
मना करे दुनिया लेकिन मेरे महबूब
वो छलक जाता है जो पैमाना होता है
हर ख़ुशी से हर ग़म से बेगाना होता है
प्यार दीवाना होता है...

●●

आज न छोड़ेंगे
बस हमजोली
खेलेंगे हम होली
चाहे भीगे
तेरी चुनरिया
चाहे भीगे रे चोली
आज न छोड़ेंगे...

अपनी-अपनी क़िस्मत है ये कोई हँसे कोई रोये
रंग से कोई अंग भिगोये रे कोई अँसुअन से नैन भिगोये
रहने दो ये बहाना
क्या करेगा ज़माना
तुम हो कितनी भोली
खेलेंगे हम होली
आज न छोड़ेंगे...

ऐसे नाता तोड़ गए हैं मुझसे ये सुख सारे
जैसे जलती आग किसी वन में छोड़ गए बंजारे
दुख है इक चिंगारी
भर के ये पिचकारी
आई मस्तों की टोली
खेलेंगे हम होली
आज न छोड़ेंगे...

●●

जिस गली में तेरा घर न हो बालमा
उस गली से हमें तो गुजरना नहीं
जो डगर तेरे द्वारे पे जाती न हो
उस डगर पे हमें पाँव रखना नहीं

जिस गली में तेरा घर न हो बालमा...

ज़िन्दगी में कई रंगरलियाँ सही
हर तरफ़ मुस्कराती ये कलियाँ सही
ख़ूबसूरत बहारों की गलियाँ सही
जिस चमन में तेरे पग में काँटे चुभे
उस चमन से हमें फूल चुनना नहीं
जिस गली में तेरा घर न हो बालमा...

हाँ ये रस्में ये क़समें सभी तोड़ के
तू चली आ चुनर प्यार की ओढ़ के
या चला जाऊँगा मैं ये जग छोड़ के
जिस जगह याद तेरी सताने लगे
उस जगह एक पल भी ठहरना नहीं
जिस गली में तेरा घर न हो बालमा...

●●

ना कोई उमंग है
ना कोई तरंग है
मेरी ज़िन्दगी है क्या
एक कटी पतंग है
ना कोई उमंग है...

आकाश से गिरी मैं
एक बार कट के ऐसे
दुनिया ने फिर ना पूछो
लूटा है मुझको कैसे
ना किसी का साथ है
ना किसी का संग है
मेरी ज़िन्दगी है क्या
एक कटी पतंग है
ना कोई उमंग है...

लग के गले से अपने
बाबुल के मैं ना रोई
डोली उठी यूँ जैसे
अर्थी उठी हो कोई
यही दुख का आज भी
मेरे अंग संग है
मेरी ज़िन्दगी है क्या
एक कटी पतंग है
ना कोई उमंग है...

सपनों के देवता क्या
तुझको करूँ मैं अर्पण
पतझड़ की मैं हूँ छाया
मैं आँसुओं का दर्पण
यही मेरा रूप है
यही मेरा रंग है
मेरी ज़िन्दगी है क्या
एक कटी पतंग है
ना कोई उमंग है...

सुहाना सफ़र

1970

सारी खुशियाँ हैं मुहब्बत की ज़माने के लिए
मैंने तो प्यार किया आँसू बहाने के लिए
सारी खुशियाँ हैं...

काश ये जज़्बा-ए-दिल काम तो आ जाता कभी
उनके होटों पे मेरा नाम तो आ जाता कभी
याद कर लेते मुझे भूल ही जाने के लिए
सारी खुशियाँ हैं...

ख़ून-ए-दिल ख़ून-ए-जिगर ख़ून-ए-तमन्ना के सिवा
सारी दुनिया में मुझे रंग न कोई भी मिला
अपने अरमानों की तस्वीर बनाने के लिए
सारी खुशियाँ हैं...

पुष्पांजलि

1970

दुनिया से जाने वाले
जाने चले जाते हैं कहाँ
कैसे ढूँढ़े कोई उनको
नहीं क़दमों के भी निशां
दुनिया से जाने वाले...

जाने है वो कौन नगरिया
आए जाए ख़त न ख़बरिया
आएँ जब-जब उनकी यादें
आएँ होटों पे फ़रियादें
जाके फिर न आने वाले
जाने चले जाते हैं कहाँ
दुनिया से जाने वाले...

मेरे बिछड़े जीवन-साथी
साथी जैसे दीपक-बाती
मुझसे बिछड़ गए तुम ऐसे
सावन के जाते ही जैसे
उड़ के बादल काले-काले
जाने चले जाते हैं कहाँ
दुनिया से जाने वाले...

दि ट्रेन

1970

किसलिए मैंने प्यार किया
दिल को यूँ ही बेक़रार किया
शाम सवेरे तेरी राह देखी
रात-दिन इन्तज़ार किया
किसलिए मैंने प्यार किया...

आँखों में मैंने काजल डाला
माथे पे बिन्दिया लगाई
ऐसे में तू आ जाए तो
क्या हो राम दुहाई
छुपके मन में अरमानों ने
ली ऐसी अँगड़ाई
कोई देखे तो क्या समझे
हो जाए रुसवाई
मैंने क्यूँ सिंगार किया
दिल को यूँ ही बेक़रार किया
किसलिए मैंने प्यार किया...

आज वो दिन है जिसके लिए मैं
तड़पी बनके राधा
आज मेरे मन की बेचैनी
बढ़ गई और ज़ियादा
प्यार में धोका ना खा जाए

ये मन सीधा-सादा
ऐसा ना हो झूठा निकले
आज मिलन का वादा
मैंने क्यूँ एतबार किया
दिल को यूँ ही बेक़रार किया
किसलिए मैंने प्यार किया...

आन मिलो सजना

1970

यहाँ-वहाँ सारे जहाँ में तेरा राज है
जवानी ओ दीवानी तू ज़िन्दाबाद
तेरे ही तो सर पे मोहब्बत का ताज है
जवानी ओ दीवानी तू ज़िन्दाबाद...

तू बहारों का इशारा
बेसहारों का सहारा
सर पे तेरे हाँ हाँ तेरे
बोझ है सारा
तेरे जवाँ हाथों में दुनिया की लाज है
जवानी ओ दीवानी तू ज़िन्दाबाद...

तेरे लिए क़समें नहीं
क़समें नहीं रस्में नहीं
तू किसी के हाँ किसी के
बस में नहीं
जुदा सभी रस्मों से तेरा हर रिवाज है
जवानी ओ दीवानी तू ज़िन्दाबाद...

पीछे है बचपन दीवाना
आगे बुढ़ापा सयाना
साथ तेरे हाँ हाँ तेरे
है ये ज़माना
तेरी नज़र तो चाँद-तारों पे आज है
जवानी ओ दीवानी तू ज़िन्दाबाद...

●●

अच्छा तो हम चलते हैं
फिर कब मिलोगे
जब तुम कहोगे
जुमे रात को
हाँ हाँ आधी रात को
ऐ, कहाँ
वहीं जहाँ कोई आता जाता नहीं
अच्छा तो हम चलते हैं...

किसी ने देखा तो नहीं तुम्हें आते
नहीं मैं आई हूँ छुपते-छुपाते
देर कर दी बड़ी ज़रा देखो तो घड़ी
ओफ़्फ़ोह, मेरी तो घड़ी बन्द है
तेरी ये अदा मुझे पसन्द है
देखो बातें-वातें कर लो जल्दी-जल्दी
फिर न कहना अभी आई अभी चल दी
तो आओ पास बैठें पल दो पल
आज नहीं कल
क्यूँ क्यूँ
आज नहीं कल
ये तो इक बहाना है
वापस घर भी जाना है
कितनी जल्दी ये दिन ढलते हैं
हाय
टाटा
अच्छा तो हम चलते हैं
फिर कब मिलोगे
जब तुम कहोगे
कल मिलो या परसों
परसों नहीं नरसों

कहाँ
यहीं यहाँ कोई आता जाता नहीं
अच्छा तो हम चलते हैं...

उड़ा है किसलिए तेरा रंग गोरी
हमारी पकड़ी गई है बस चोरी
अच्छा
राम जाने क्या हो अब
कैसे हुआ ये ग़ज़ब
मेरा आँचल जो ज़रा ढल गया
सारी दुनिया को पता चल गया
कैसे खेलेंगे अब आँख मिचौली
ले जा आके मेरे घर से मेरी डोली
तेरे घर वाले न कर दें इनकार
सब हैं तैयार, सब हैं तैयार
सुन ले फिर दिल की फ़रियाद
बस बाक़ी शादी के बाद
पिया देखो, दीये जलते हैं
अच्छा
अच्छा तो हम चलते हैं
अच्छा तो हम चलते हैं...

अमर प्रेम

1971

रैना बीती जाए
श्याम न आए
निंदिया न आए
रैना बीती जाए...

शाम को भूला शाम का वादा
संग दीये के जागे राधा
निंदिया न आए
रैना बीती जाए...

किस सौतन ने रोकी डगरिया
किस बैरन से लागी नज़रिया
निंदिया न आए
रैना बीती जाए...

बिरहा की मारी प्रेम दीवानी
तन-मन प्यासा अँखियों में पानी
निंदिया न आए
रैना बीती जाए...

●●

ये क्या हुआ
कैसे हुआ

कब हुआ
अब क्या सुनाएँ
ये क्या हुआ
कैसे हुआ
कब हुआ
जब हुआ
तब हुआ
ओ छोड़ो ये ना सोचो
ये क्या हुआ...

हम क्यों शिकवा करें झूटा
क्या हुआ जो दिल टूटा
शीशे का खिलौना था
कुछ न कुछ तो होना था
हुआ
ये क्या हुआ
समझे ना...

हमने जो देखा था सुना था
क्या बताएँ वो क्या था
सपना सलोना था
ख़त्म तो होना था
हुआ
ये क्या हुआ...

अय दिल चल पीकर झूमें
इन्हीं गलियों में घूमें
यहाँ तुझे खोना था
बदनाम होना था
हुआ
ये क्या हुआ...

●●

चिंगारी कोई भड़के तो सावन उसे बुझाए
सावन जो अगन लगाए उसे कौन बुझाए
पतझड़ जो बाग़ उजाड़े वो बाग़ बहार खिलाए
जो बाग़ बहार में उजड़े उसे कौन खिलाए
चिंगारी कोई भड़के...

हमसे मत पूछो कैसे मन्दिर टूटा सपनों का
लोगों की बात नहीं है ये क़िस्सा है अपनों का
कोई दुश्मन ठेस लगाए तो मीत जीया बहलाए
मनमीत जो घाव लगाए उसे कौन मिटाए
चिंगारी कोई भड़के...

ना जाने क्या हो जाता जाने हम क्या कर जाते
पीते हैं तो ज़िन्दा हैं ना पीते तो मर जाते
दुनिया जो प्यासा रखे तो मदिरा प्यास बुझाए
मदिरा जो प्यास लगाए उसे कौन बुझाए
चिंगारी कोई भड़के...

माना तूफ़ां के आगे नहीं चलता ज़ोर किसी का
मौजों का दोष नहीं है ये दोष है और किसी का
मझधार में नैया डोले तो माझी पार लगाए
माझी जो नाव डुबाए उसे कौन बचाए
चिंगारी कोई भड़के...

●●

कुछ तो लोग कहेंगे लोगों का काम है कहना
छोड़ो बेकार की बातों में कहीं बीत न जाए रैना
कुछ तो लोग कहेंगे...

कुछ रीत जगत की ऐसी है हर एक सुबह की शाम हुई
तू कौन है तेरा नाम है क्या सीता भी यहाँ बदनाम हुई
फिर क्यों संसार की बातों से भीग गए तेरे नयना
कुछ तो लोग कहेंगे...

हमको जो ताने देते हैं हम खोए हैं इन रंगरलियों में
हमने उनको भी छुप-छुप के आते देखा इन गलियों में
ये सच है झूटी बात नहीं तुम बोलो ये सच है ना
कुछ तो लोग कहेंगे...

महबूब की मेहँदी

1971

ये जो चिलमन है दुश्मन है हमारी
कितनी शर्मीली दुल्हन है हमारी
ये जो चिलमन है...

दूसरा और कोई यहाँ क्यूँ रहे
हुस्न और इश्क़ के दरम्याँ क्यूँ रहे
दरम्याँ क्यूँ रहे
ये यहाँ क्यूँ रहे
हाँ जी हाँ क्यूँ रहे
ये जो आँचल है शिकवा है हमारा
क्यूँ छुपाता है चेहरा ये तुम्हारा
ये जो चिलमन है...

कैसे दीदार आशिक़ तुम्हारा करे
रुख़-ए-रोशन का कैसे नज़ारा करे
ओ नज़ारा करे
ओ इशारा करे
ओ पुकारा करे
ये जो गेसू हैं बादल हैं क़सम से
कैसे बिखरे हैं गालों पे सनम के
ये जो चिलमन है...

रुख़ से परदा ज़रा जो सरकने लगा
उफ़ ये कम्बख़्त दिल क्यूँ धड़कने लगा

क्यूँ धड़कने लगा
हाँ भड़कने लगा
दम अटकने लगा
ये जो धड़कन है दुश्मन है हमारी
कैसे दिल सँभले उलझन है हमारी
ये जो चिलमन है...

●●

इस ज़माने में इस मुहब्बत ने
कितने दिल तोड़े कितने घर फूँके
जाने क्यूँ लोग मोहब्बत किया करते हैं
दिल के बदले दर्द-ए-दिल लिया करते हैं
जाने क्यूँ लोग...

तनहाई मिलती है महफ़िल नहीं मिलती
राह-ए-मोहब्बत में कभी मंज़िल नहीं मिलती
दिल टूट जाता है नाकाम होता है
उल्फ़त में लोगों का यही अंजाम होता है
कोई क्या जाने क्यूँ ये परवाने
क्यूँ मचलते हैं ग़म में जलते हैं
आहें भर-भर के दीवाने जिया करते हैं
जाने क्यूँ लोग...

सावन में आँखों को कितना रुलाती है
फ़ुरक़त में जब दिल को किसी की याद आती है
ये ज़िन्दगी यूँ ही बरबाद होती है
हर वक़्त होटों पे कोई फ़रियाद होती है
ना दवाओं का नाम चलता है
ना दुआओं से काम चलता है
ज़हर ये फिर भी सभी क्यूँ पिया करते हैं
जाने क्यूँ लोग...

महबूब से हर ग़म मन्सूब होता है
दिन-रात उल्फ़त में तमाशा ख़ूब होता है
रातों से भी लम्बे ये प्यार के क़िस्से
आशिक़ सुनाते हैं जफ़ा-ए-यार के क़िस्से
बेमुरव्वत हैं बेवफ़ा हैं वो
उस सितमगर का अपने दिलबर का
नाम ले ले के दुहाई दिया करते हैं
जाने क्यूँ लोग...

●●

मेरे दीवानेपन की भी दवा नहीं
मैंने जाने क्या सुन लिया
तूने तो कुछ कहा नहीं
मेरे दीवानेपन की भी...

मैं ये समझा मेरे दिल की कोई हसरत निकल गई
तूने देखा मुझे ऐसे कि तबीयत मचल गई
वरना तेरे सर की क़सम
आदमी मैं बुरा नहीं
मेरे दीवानेपन की भी...

बेअदब हूँ मैं दीवाना किस क़दर तू ख़फ़ा हुई
छू लिया क्यूँ बदन तेरा तौबा कैसी ख़ता हुई
सारी दुनिया में कोई
मेरे लायक़ कोई सज़ा नहीं
मेरे दीवानेपन की भी...

चाँदनी रात में जैसे रुख-ए-गुल पे किरण पड़ी
बेसबब रूठ कर तेरे माथे पे यूँ शिकन पड़ी
मेरे महबूब ये तेरी
बेरुख़ी है अदा नहीं
मेरे दीवानेपन की भी...

नया ज़माना

1971

दुनिया ओ दुनिया
तेरा जवाब नहीं
तेरी जफ़ाओं का बस
कोई हिसाब नहीं
दुनिया ओ दुनिया...

तू छाँव है या है धूप ख़बर किसको
क्या है तेरा असली रूप ख़बर किसको
आए नज़र कैसे तू
आँसू है ख़्वाब नहीं
दुनिया ओ दुनिया...

तेरी ज़बाँ पे है ज़िक्र सितारों का
तेरे लबों पे है नाम बहारों का
पर तेरे दामन में
काँटे हैं गुलाब नहीं
दुनिया ओ दुनिया...

ये किन ख़्यालों में खो गए हैं आप
क्यूँ कुछ परेशां से हो गए हैं आप
आप से तो मुझको
कुछ शिकवा जनाब नहीं
दुनिया ओ दुनिया...

●●

कितने दिन आँखें तरसेंगी
कितने दिन यूँ दिल तरसेंगे
इक दिन तो बादल बरसेंगे
अय मेरे प्यासे दिल
आज नहीं तो कल महकेगी
ख़्वाबों की महफ़िल
कितने दिन आँखें तरसेंगी...

सूने-सूने-से मुरझाए से हैं क्यूँ उम्मीदों के चेहरे
काँटों के सर पे ही बाँधे जाएँगे फूलों के सेहरे
नया ज़माना आएगा नया ज़माना आएगा
कितने दिन आँखें तरसेंगी...

ज़िन्दगी पे सबका एक-सा हक़ है सब तसलीम करेंगे
सारी ख़ुशियाँ सारे दर्द बराबर हम तक़सीम करेंगे
नया ज़माना आएगा नया ज़माना आएगा
कितने दिन आँखें तरसेंगी...

आप आए बहार आई

1971

दिल शाद था कि फूल खिलेंगे बहार में
मारा गया ग़रीब इसी एतबार में
मुझे तेरी मोहब्बत का सहारा मिल गया होता
अगर तूफ़ां नहीं आता किनारा मिल गया होता
मुझे तेरी मोहब्बत का...

न था मंज़ूर क़िस्मत को
न थी मर्ज़ी बहारों की
नहीं तो इस गुलिस्ताँ में
कमी थी क्या नज़ारों की
मेरी नज़रों को भी कोई नज़ारा मिल गया होता
मुझे तेरी मोहब्बत का...

ख़ुशी से अपनी आँखों को
मैं अश्क़ों से भिगो लेता
मेरे बदले तू हँस लेती
तेरे बदले मैं रो लेता
मुझे अय काश तेरा दर्द सारा मिल गया होता
मुझे तेरी मोहब्बत का...

मिली है चाँदनी जिनको
ये उनकी अपनी क़िस्मत है
मुझे अपने मुक़द्दर से

फ़क़त इतनी शिकायत है
मुझे टूटा हुआ कोई सितारा मिल गया होता
मुझे तेरी मोहब्बत का...

हरे राम हरे कृष्ण

1971

देखो ओ दीवानो तुम ये काम ना करो
राम का नाम बदनाम ना करो बदनाम ना करो
देखो ओ दीवानो...

राम को समझो
कृष्ण को जानो
नींद से जागो
ओ मस्तानो
जीत लो मन को पढ़कर गीता
मन ही हारा तो क्या जीता
जीवन को नशे का तुम गुलाम ना करो
राम का नाम बदनाम ना करो बदनाम ना करो
देखो ओ दीवानो...

राम ने हँसकर
सब सुख त्यागे
तुम सब दुख से
डर के भागे
कृष्ण ने कर्म की रीत सिखाई
तुमने फ़र्ज़ से आँख चुराई
जीवन नाम है काम का आराम ना करो
राम का नाम बदनाम ना करो बदनाम ना करो
देखो ओ दीवानो...

मेरा गाँव मेरा देश

1971

मार दिया जाए
कि छोड़ दिया जाए
बोल तेरे साथ क्या
सुलूक़ किया जाए
जाम दिया जाए
कि ज़हर दिया जाए
बोल तेरे साथ क्या
सुलूक़ किया जाए
मार दिया जाए...

काँच की चूड़ियाँ भी मैंने खनकाई
अपनी जुल्फ़ें भी मैंने तो बिखराई
तुझको ज़जीरें लेकिन पसन्द आईं
क़ैद किया जाए
कि छोड़ दिया जाए
बोल तेरे साथ क्या
सुलूक़ किया जाए
मार दिया जाए...

आ रही है हँसी तेरी कहानी पे
आ रहा है तरस तेरी जवानी पे
आज तू है मेरी मेहरबानी पे
तोड़ दिया जाए

कि दिल जोड़ दिया जाए
बोल तेरे साथ क्या
सुलूक़ किया जाए
मार दिया जाए...

एक बुझती हुई शमा के परवाने
आख़िरी आरज़ू क्या है मस्ताने
आज तेरा गिरेबाँ ओ दीवाने
चाक किया जाए
कि छोड़ दिया जाए
बोल तेरे साथ क्या
सुलूक़ किया जाए
मार दिया जाए...

दुश्मन

1971

सच्चाई छुप नहीं सकती बनावट के उसूलों से
कि ख़ुशबू आ नहीं सकती कभी काग़ज़ के फूलों से
मैं इंतज़ार करूँ
ये दिल निसार करूँ
मैं तुझसे प्यार करूँ
मगर कैसे एतबार करूँ
झूटा है तेरा वादा
वादा तेरा वादा
वादे पे तेरे मारा गया
बन्दा मैं सीधा-सादा
वादा तेरा वादा...

तुम्हारी ज़ुल्फ़ है या सड़क का मोड़ है ये
तुम्हारी आँख है या नशे का तोड़ है ये
कहा कब क्या किसी से तुम्हें कुछ याद नहीं
हमारे सामने है हमारे बाद नहीं
किताब-ए-हुस्न में तो वफ़ा का नाम नहीं
मोहब्बत तुम करोगी तुम्हारा काम नहीं
अगरचे ख़ूब हो तुम मेरी महबूब हो तुम
निगाह-ए-ग़ैर से भी मगर मन्सूब हो तुम
किसी शायर से पूछो ग़ज़ल हो या रुबाई
भरी है शायरी में तुम्हारी बेवफ़ाई
दामन में तेरे फूल हैं कम

और काँटे हैं ज़ियादा
वादा तेरा वादा...

तराने जानती है, फ़साने जानती है
कई दिल तोड़ने के बहाने जानती है
कहीं पे सोज़ है तू कहीं पे साज़ है तू
जिसे समझा न कोई वही एक राज़ है तू
कभी तू रूठ बैठी कभी तू मुस्कराई
किसी से की मोहब्बत किसी से बेवफ़ाई
उड़ाएँ होश तौबा तेरी आँखें शराबी
ज़माने में हुई हैं इन्हीं से हर ख़राबी
बुलाए छाँव कोई पुकारे धूप कोई
तेरा हो रंग कोई तेरा हो रूप कोई
कुछ फ़र्क़ नहीं नाम तेरा
रज़िया हो या राधा
वादा तेरा वादा...

●●

मैंने देखा
तूने देखा
इसने देखा
उसने देखा
सबने देखा
क्या देखा क्या देखा
इक दुश्मन जो दोस्तों से प्यारा है
मैंने देखा
तूने देखा
इसने देखा
उसने देखा
सबने देखा
क्या देखा क्या देखा

एक गाँव जो शहरों से भी न्यारा है
दुश्मन-दुश्मन जो दोस्तों से प्यारा है...

आज सज़ा देंगे तुझको हम तेरी सब भूलों की
तेरे गले में हम डालेंगे ये माला फूलों की
इस गाँव की रीत यही है
जीवन-संगीत यही है
आज के दिन का गीत यही है
मैंने देखा
तूने देखा
इसने देखा
उसने देखा
सबने देखा
क्या देखा, क्या देखा
इक चाँद जो सबकी आँख का तारा है
दुश्मन-दुश्मन जो दोस्तों से प्यारा है...

ज़ंजीरों से भी पक्के हैं प्रेम के कच्चे धागे
इन कच्चे धागों को तोड़ के क़ैदी कैसे भागे
आया लेके हरियाली तू
इन बागों का माली तू
इन खेतों का हाली तू
मैंने देखा
तूने देखा
इसने देखा
उसने देखा
सबने देखा
क्या देखा, क्या देखा
इक क़ैदी जो पहरेदार हमारा है
दुश्मन-दुश्मन जो दोस्तों से प्यारा है...

सबने माफ़ किया मुझको पर मैं हूँ जिसका दोषी

कब टूटेगी उसके घायल होटों की ख़ामोशी
वो भी माफ़ करे तो जानूँ
मन को साफ़ करे तो जानूँ
इंसाफ़ करे तो जानूँ
मेरा नहीं
तेरा नहीं
इसका नहीं
उसका नहीं
किसी का नहीं
ये दोष तक़दीर का सारा है
दुश्मन-दुश्मन जो दोस्तों से प्यारा है...

मैंने देखा
तूने देखा
इसने देखा
उसने देखा
सबने देखा
क्या देखा, क्या देखा
दुश्मन-दुश्मन जो दोस्तों से प्यारा है...

●●

देखो देखो देखो बायस्कोप देखो
दिल्ली का क़ुतुबमीनार देखो
बम्बई सहर की बहार देखो
ये आगरे का है ताजमहल
घर बैठे सारा संसार देखो
पइसा फेंको तमाशा देखो...

आई रे मैं आली
बायस्कोप वाली
खेल शुरू होता है

बच्चो बजाओ ताली
दिल्ली का क़ुतुबमीनार देखो
घोड़े पे बाँका सवार देखो
कलकत्ते का चौरंगी बज़ार
घर बैठे सारा संसार देखो
पइसा फेंको तमाशा देखो...

देखो रे लखनऊ की ये है भूलभूलैया
रस्ता भूल न जाना चलना थाम के बइया
पइसे नहीं तो उधार देखो
राधा से कान्हा का प्यार देखो
देखो हिमाला परबत है ये
घर बैठे सारा संसार देखो
पइसा फेंको तमाशा देखो...

आई रे मैं आली
बायस्कोप वाली
खेल ख़तम होता है
बच्चो बजाओ ताली
देखो देखो देखो डरपोक दुल्हा
वादा करके जो भूला
जैसे सावन का झूला
कभी इधर कभी उधर
कभी नीचे कभी ऊपर
धत्
लोगों का पइसे से प्यार देखो
शादी ब्याह का व्यापार देखो
ये दो दिलों को मिलने न दें
दुनिया की ऊँची दीवार देखो
पइसा फेंको तमाशा देखो...

बेटी एक ग़रीब की मिट्टी का खिलौना

जग वालों को चाहिए चाँदी और सोना
दुनिया है मीठी कटार देखो
ज़ालिम ये सरमायेदार देखो
हम से ग़रीबों से सरकार ने
माँगा दहेज़ दस हज़ार देखो
पइसा फेंको तमाशा देखो...

हाथी मेरे साथी

1971

नफ़रत की दुनिया को छोड़कर प्यार की दुनिया में
खुश रहना मेरे यार
इस झूट की नगरी से तोड़कर नाता जा प्यारे
अमर रहे तेरा प्यार
खुश रहना मेरे यार...

जब जानवर कोई इंसान को मारे
कहते हैं दुनिया में वहशी उसे सारे
इक जानवर की जान आज इंसानों ने ली है
चुप क्यूँ है संसार
खुश रहना मेरे यार...

बस आख़री सुन ले ये मेल है अपना
बस ख़त्म अय साथी ये खेल है अपना
अब याद में तेरी बीत जाएँगे रो रोकर
जीवन के दिन चार
खुश रहना मेरे यार...

●●

दुनिया में रहना है तो काम कर प्यारे
हाथ जोड़ सबको सलाम कर प्यारे
वरना ये दुनिया जीने नहीं देगी

खाने नहीं देगी पीने नहीं देगी
खेल कोई नया सुब्ह-ओ-शाम कर प्यारे
दुनिया में रहना है तो...

पैसे बिना दुनिया में रोटी नहीं मिलती
रोटी नहीं मिलती लंगोटी नहीं मिलती
नाम अपना न बदनाम कर प्यारे
हाथ जोड़ सबको सलाम कर प्यारे
दुनिया में रहना है तो...

एक दिन तेरे मेरे ख़्वाब होंगे पूरे
ऐसी कोई बात कर चल ओ जमूरे
रह जाएँ सब दिल थाम कर प्यारे
हाथ जोड़ सबको सलाम कर प्यारे
दुनिया में रहना है तो...

चल ऊपरवाले को याद कर
ताँगे में लगी जैसे घोड़ी चली जाए
रस्सी पे गोरी ऐसे दौड़ी चली जाए
चल घर चलें राम राम कर प्यारे
दुनिया में रहना है तो...

सीता और गीता

1972

ज़िन्दगी है खेल
कोई पास कोई फ़ेल
खिलाड़ी है कोई
अनाड़ी है कोई
ओ बाबू समझे क्या
ओ लाला समझे क्या
ज़िन्दगी है खेल...

बातें कम कर काम ज़ियादा राका
काम से होगा नाम ज़ियादा काका
उड़ती चिड़िया तेरे सदक़े
गिर न जाना चलना बच के
मिस्टर समझे क्या
सिस्टर समझे क्या
खिलाड़ी है कोई
अनाड़ी है कोई
ज़िन्दगी है खेल...

झूम के पीछे घूम ओ नख़रेवाली
लोग बजाएँगे .ख़ुश होके ताली
ऐसा जलवा मैं दिखलाऊँ
सबके दिल को मैं धड़काऊँ
ओ पापे समझे क्या

अम्मा समझे क्या
खिलाड़ी है कोई
अनाड़ी है कोई
ज़िन्दगी है खेल...

पिया का घर

1972

ये जीवन है
इस जीवन का
यही है यही है यही है रंग रूप
थोड़े ग़म हैं
थोड़ी खुशियाँ
यही है यही है यही है छाँव-धूप
ये जीवन है...

ये न सोचो इसमें अपनी हार है कि जीत है
उसे अपना लो जो भी जीवन की रीत है
ये ज़िद छोड़ो
यूँ ना तोड़ो
हर पल इक दर्पण है
ये जीवन है...

धन से न दुनिया से घर से न द्वार से
साँसों की डोर बँधी है प्रीतम के प्यार से
दुनिया छूटे
पर न टूटे
ये कैसा बन्धन है
ये जीवन है...

●●

सूनी रे नगरिया
सूनी रे सेजरिया
भये परदेसी
मेरे सँवरिया
सूनी रे नगरिया हो रामा...

रामा दुहाई मैं तो ये भी नहीं जानी
बीता कब बचपन आई रे जवानी
कैसी मैं बावरिया
नाहि रे ख़बरिया
भये परदेसी
मेरे सँवरिया
सूनी रे नगरिया हो रामा...

लिखना ना जानूँ मैं तो कैसे लिखूँ पतियाँ
काग़ज़ पे लिख दे कोई मेरे मन की बतियाँ
बन के बदरिया
बरसी ये नज़रिया
भये परदेसी
मेरे सँवरिया
सूनी रे नगरिया हो रामा...

●●

ये ज़ुल्फ़ कैसी है
ज़ंजीर जैसी है
वो कैसी होगी जिसकी
तस्वीर ऐसी है
ये आँख कैसी है
हाय तीर जैसी है

वो कैसा होगा जिसकी
तस्वीर ऐसी है
ये ज़ुल्फ़ कैसी है...

तुम तो मुझे पसन्द हो
क्या मैं तुम्हें पसन्द हूँ
क्या तुम रज़ामन्द हो
मैं तो रज़ामन्द हूँ,
बोलो चुप क्यों हो
मैं तुमसे क्या बोलूँ
तक़दीर कैसी है
वो कैसा होगा जिसकी
तस्वीर ऐसी है
ये ज़ुल्फ़ कैसी है...

घूँघट निकाल के पिया
बैठूँगी मैं तो आज से
देखो ना इस तरह मुझे
मर जाऊँगी मैं लाज से
चलो उधर देखो
ये ख़्वाब कैसा है
ताबीर कैसी है
वो कैसी होगी जिसकी
तस्वीर ऐसी है
ये ज़ुल्फ़ कैसी है...

मोम की गुड़िया

1972

बाग़ों में बहार आई
होटों पे पुकार आई
आजा आजा आजा आजा मेरी रानी
रुत बेकरार आई
डोली में सवार आई
आजा आजा आजा आजा मेरे राजा
बाग़ों में बहार आई...

फूलों की गली में आईं भँवरों की टोलियाँ
दीये से पतंगा खेले आँख मिचौलियाँ
बोले ऐसी बोलियाँ कि प्यार जागा जग सो गया
बाग़ों में बहार आई...

सपना तो सपनों की बात है प्यार में
नींद नहीं आती सैंयाँ तेरे इन्तज़ार में
होके बेक़रार तुझे ढूँढू मैं तू कहाँ खो गया
बाग़ों में बहार आई...

लम्बी-लम्बी बातें छेड़े छोटी-सी रात में
सारी बातें कैसे होंगी इक मुलाक़ात में
एक ही बात में लो देख लो सवेरा हो गया
बाग़ों में बहार आई...

अनुराग

1972

तेरे नयनों के मैं दीप जलाऊँगा
अपनी आँखों से दुनिया दिखलाऊँगा
अच्छा
वो क्या है–एक मन्दिर है
उस मन्दिर में–एक मूरत है
ये मूरत कैसी होती है–तेरी सूरत जैसी होती है
वो क्या है–एक मन्दिर है...

मैं क्या जानूँ छाँव है क्या और धूप है क्या
रंग-बिरंगी इस दुनिया का रूप है क्या
वो क्या है–एक पर्वत है
उस पर्वत पे–एक बादल है
ये बादल कैसा होता है–तेरे आँचल जैसा होता है
वो क्या है–एक पर्वत है...

मस्त हवा ने घूँघट खोला कलियों का
झूम के मौसम आया है रंगरलियों का
वो क्या है–एक बगिया है
उस बगिया में–कई भँवरें हैं
भँवरे क्या जोगी होते हैं–नहीं दिल के रोगी होते हैं
वो क्या है–एक बगिया है...

ऐसी भी अनजान नहीं, मैं अब सजना

बिन देखे मुझको दिखता है सब सजना
अच्छा
वो क्या है–वो सागर है
उस सागर में–एक नैया है
अरे तूने कैसे जान लिया–मन से आँखों का काम लिया
वो क्या है–वो सागर है...

लोफ़र

1973

आज मौसम बड़ा बेईमान है
बेईमान है आज मौसम
आने वाला कोई तूफ़ान है
तूफ़ान है आज मौसम
आज मौसम बड़ा बेईमान है...

क्या हुआ है हुआ कुछ नहीं है
बात क्या है पता कुछ नहीं है
मुझसे कोई ख़ता हो गई तो
इसमें मेरी ख़ता कुछ नहीं है
ख़ूबसूरत है तू रुत जवान है
आज मौसम बड़ा बेईमान है...

काली-काली घटा डर रही है
ठंडी आहें हवा भर रही है
सबको क्या-क्या गुमाँ हो रहे हैं
हर कली हम पे शक़ कर रही है
फूलों का दिल भी कुछ बदगुमान है
आज मौसम बड़ा बेईमान है...

अय मेरे यार अय हुस्नवाले
दिल किया मैंने तेरे हवाले
तेरी मरज़ी पे अब बात ठहरी

जीने दे चाहे तू मार डाले
तेरे हाथों में अब मेरी जान है
आज मौसम बड़ा बईमान है...

नमक हराम

1973

दीये जलते हैं फूल खिलते हैं
बड़ी मुश्किल से मगर
दुनिया में दोस्त मिलते हैं
दीये जलते हैं...

जब जिस वक़्त किसी का यार जुदा होता है
कुछ मत पूछो यारो दिल का हाल बुरा होता है
दिल पे यादों के जैसे
तीर चलते हैं
दीये जलते हैं...

इस रंग-रूप पे देखो हरगिज़ नाज़ न करना
जान भी माँगे यार तो दे देना नाराज़ न करना
रंग उड़ जाते हैं
धूप ढलते हैं
दीये जलते हैं...

दौलत और जवानी इक दिन खो जाती है
सच कहता हूँ सारी दुनिया दुश्मन हो जाती है
उम्र भर दोस्त लेकिन
साथ चलते हैं
दीये जलते हैं...

●●

मैं शायर बदनाम मैं चला
महफ़िल से नाकाम मैं चला
मैं शायर बदनाम...

मेरे घर से तुमको कुछ सामान मिलेगा
दीवाने शायर का इक दीवान मिलेगा
और इक चीज़ मिलेगी
टूटा ख़ाली जाम मैं चला
मैं शायर बदनाम...

शोलों पे चलना था काँटों पे सोना था
और अभी जी-भर के क़िस्मत पे रोना था
जाने ऐसे कितने
बाकी छोड़ के काम मैं चला
मैं शायर बदनाम...

रस्ता रोक रही है थोड़ी जान है बाकी
जाने टूटे दिल में क्या अरमान है बाकी
जाने भी दे अय दिल
सबको मेरा सलाम मैं चला
मैं शायर बदनाम...

●●

नदिया से दरिया
दरिया से सागर
सागर से गहरा जाम
जाम में डूब गई
यारो मेरे
जीवन की हर शाम

नदिया से दरिया...

जो न पीये वो क्या जाने पीते हैं क्यों हम दीवाने यार
जबसे हमने पीना सीखा मरना सीखा जीना सीखा यार
हम जब यूँ नशे में डगमगाने लग गए
दिल की बेचैनी को आया
थोड़ा-सा आराम
नदिया से दरिया...

मेरा क्या मैं ग़म का मारा नशे में आलम है सारा यार
किसी को दौलत का नशा कहीं मुहब्बत का नशा यार
कह कर अय शराबी सब पुकारें अब मुझे
और कोई था ये तो नहीं था
पहले मेरा नाम
नदिया से दरिया...

बॉबी

1973

मुझे कुछ कहना है
मुझे भी कुछ कहना है
पहले तुम
पहले तुम
पहले तुम
पहले तुम
पहले तुम
तुम
तुम
तुम
तुम
तुम
तुम
तुम
देखो जिस तरह लखनऊ के दो नवाबों की गाड़ी
पहले आप पहले आप पहले आप पहले आप
करते निकल गई थी उस तरह हमारी
पहले तुम पहले तुम पहले तुम पहले तुम
में ये मस्ती भरी रुत न चली जाए
अच्छा मैं कहती हूँ
अक्सर कोई लड़की इस हाल में
किसी लड़के से सोलवें साल में
जो कहती है वो मुझे कहना है

अक्सर कोई लड़का इस हाल में
किसी लड़की से सोलवें साल में
जो कहता है वो मुझे कहना है
मुझे कुछ कहना है...

न आँखों में नींद न दिल में क़रार
यही इन्तज़ार यही इन्तज़ार
तेरे बिना कुछ भी अच्छा नहीं लगता
सब झूटा लगता है सच्चा नहीं लगता
ना घर में लगे दिल ना बाहर कहीं पर
बैठी हूँ कहीं पर खोई हूँ कहीं पर
अरे कुछ न कहूँ चुप रहूँ
मैं नहीं नहीं नहीं नहीं नहीं नहीं पर
अब मुश्किल चुप रहना है
मुझे कुछ कहना है...

मुझे रात-दिन नहीं और काम
कभी तेरी याद कभी तेरा नाम
सब रंग दुनिया के फीके लगते हैं
इक तेरे बोल बस मीठे लगते हैं
लिखे हैं बस तेरे सजदे इस जबीं पर
ज़िन्दा हूँ मैं तेरी बस हाँ पर नहीं पर
अरे कुछ न कहूँ चुप रहूँ
मैं नहीं नहीं नहीं नहीं नहीं नहीं पर
अब मुश्किल चुप रहना है
मुझे कुछ कहना है...

●●

बाहर से कोई अन्दर ना आ सके
अन्दर से कोई बाहर ना जा सके
सोचो कभी ऐसा हो तो क्या हो

हम-तुम एक कमरे में बन्द हों
और चाबी खो जाए
तेरे नयनों की भुलभुलैया में
बॉबी खो जाए
चाबी खो जाए...

आगे हो घनघोर अँधेरा
बाबा मुझे डर लगता है
पीछे कोई डाकू लूटेरा
हूँ क्यूँ डरा रहे हो

ऊपर भी जाना हो मुश्किल
नीचे भी आना हो मुश्किल
सोचो कभी ऐसा हो तो क्या हो
हम-तुम कहीं को जा रहे हों
और रस्ता भूल जाएँ
हो हो हो हो
तेरी बइयाँ की झूले में सैंयाँ
बॉबी झूल जाए
चाबी खो जाए...

बस्ती से दूर पर्वत के पीछे
मस्ती में चूर घने पेड़ों के नीचे
अनदेखी अनजानी सी जगहा हो
बस एक हम हों दूजी हवा हो
सोचो कभी ऐसा हो तो क्या हो
हम-तुम एक जंगल से गुजरें
और शेर आ जाए
शेर से मैं कहूँ तुमको छोड़ दे
मुझे खा जाए
बॉबी खो जाए...

ऐसे क्यूँ खोये-खोये हो
जागे हो कि सोये हुए हो
क्या होगा कल किसको ख़बर है
थोड़ा-सा मेरे दिल में ये डर है
सोचो कभी ऐसा हो तो क्या हो
हम-तुम यूँ ही हँस-खेल रहे हों
और आँख भर आए
तेरे सर की क़सम तेरे ग़म से
बॉबी मर जाए
चाबी खो जाए...

●●

टूट के दिल के टुकड़े-टुकड़े हो गए मेरे सीने में
आ गले लग के मर जाएँ क्या रखा है जीने में

अँखियों को रहने दे अँखियों के आस-पास
दूर से दिल की बुझती रहे प्यास
अँखियों को रहने दे...

दर्द ज़माने में कम नहीं मिलते
सबको मोहब्बत के ग़म नहीं मिलते
टूटने वाले दिल होते हैं कुछ ख़ास
दूर से दिल की बुझती रहे प्यास
अँखियों को रहने दे...

रह गई दुनिया में नाम की ख़ुशियाँ
तेरे मेरे किस काम की ख़ुशियाँ
सारी उमर हमको रहना है यूँ उदास
दूर से दिल की बुझती रहे प्यास
अँखियों को रहने दे...

●●

मैं शायर तो नहीं
मगर अय हसीं
जब से देखा मैंने तुझको मुझको शायरी आ गई
मैं आशिक़ तो नहीं
मगर अय हसीं
जब से देखा मैंने तुझको मुझको आशिक़ी आ गई
मैं शायर तो नहीं...

प्यार का नाम मैंने सुना था मगर
प्यार क्या है ये मुझको नहीं थी ख़बर
मैं तो उलझा रहा उलझनों की तरह
दोस्तों में रहा दुश्मनों की तरह
मैं दुश्मन तो नहीं
मगर अय हसीं
जब से देखा मैंने तुझको मुझको दोस्ती आ गई
मैं शायर तो नहीं...

सोचता हूँ अगर मैं दुआ माँगता
हाथ अपने उठाकर मैं क्या माँगता
जबसे तुझसे मोहब्बत मैं करने लगा
तब से जैसे इबादत मैं करने लगा
मैं काफ़िर तो नहीं
मगर अय हसीं
जब से देखा मैंने तुझको मुझको बन्दगी आ गई
मैं शायर तो नहीं...

जैसे को तैसा

1973

कौन-सी है वो चीज जो यहाँ नहीं मिलती
सब कुछ मिल जाता है लेकिन हाँ माँ नहीं मिलती
कौन-सी है वो चीज़...

याद किसी को हो तो ऐसी बात सुनाए
जिसमें कहीं न कहीं माँ का नाम ना आए
दुनिया में कोई ऐसी दास्ताँ नहीं मिलती
कौन-सी है वो चीज़...

जिनकी माँ होती है खुशक़िस्मत होते हैं
जिनकी माँ नहीं होती जीवन भर रोते हैं
जिस्म उन्हें मिलते हैं लेकिन जाँ नहीं मिलती
कौन-सी है वो चीज़...

मन्दिर पे भी अय मन कुछ राही नहीं रुकते
ईश्वर के आगे भी कितने सर नहीं झुकते
माँ को जो ना माने वो ज़ुबाँ नहीं मिलती
कौन-सी है वो चीज़...

आपकी क़सम

1974

ज़िन्दगी के सफ़र में गुज़र जाते हैं जो मक़ाम
वो फिर नहीं आते
वो फिर नहीं आते...

फूल खिलते हैं
लोग मिलते हैं
मगर
पतझड़ में जो फूल मुरझा जाते हैं
वो बहारों के आने से खिलते नहीं
कुछ लोग एक रोज़ बिछड़ जाते हैं
वो हज़ारों के आने से मिलते नहीं
उम्र भर चाहे कोई पुकारा करे उनका नाम
वो फिर नहीं आते
वो फिर नहीं आते
ज़िन्दगी के सफ़र में...

आँख धोका है
क्या भरोसा है
सुनो
दोस्तो शक़ दोस्ती का दुश्मन है
अपने दिल में इसे घर बनाने न दो
कल तड़पना पड़े याद में जिनकी
रोक लो रूठ कर उनको जाने न दो

बाद में प्यार के चाहे भेजो हज़ारों सलाम
वो फिर नहीं आते
वो फिर नहीं आते
ज़िन्दगी के सफ़र में...

सुबह आती है
रात जाती है
यूँ ही
वक़्त चलता ही रहता है रुकता नहीं
एक पल में ये आगे निकल जाता है
आदमी ठीक से देख पाता नहीं
और परदे पे मंज़र बदल जाता है
एक बार चले जाते हैं जो दिन-रात सुब्ह-ओ-शाम
वो फिर नहीं आते
वो फिर नहीं आते
ज़िन्दगी के सफ़र में...

दोस्त

1974

गाड़ी बुला रही है
सीटी बजा रही है
चलना ही ज़िन्दगी है
चलती ही जा रही है
गाड़ी बुला रही है...

देखो वो रेल
बच्चों का खेल
सीखो सबक़ जवानो
सर पे है बोझ
सीने में आग
लब पे धुँआ है जानो
फिर भी ये गा रही है
नग़में सुना रही है
गाड़ी बुला रही है...

आगे तूफ़ान
पीछे बरसात
ऊपर गगन पे बिजली
सोचे न बात
दिन हो कि रात
सिगनल हुआ कि निकली
देखो वो आ रही है

देखो वो जा रही है
गाड़ी बुला रही है...

आते हैं लोग
जाते हैं लोग
पानी के जैसे रेले
जाने के बाद
आते हैं याद
गुज़रे हुए वो मेले
यादें मिटा रही है
यादें बना रही है
गाड़ी बुला रही है...

गाड़ी को देख
कैसी है नेक
अच्छा बुरा न देखे
सब है सवार
दुश्मन कि यार
सबको चली ये ले के
जीना सिखा रही है
मरना सिखा रही है
गाड़ी बुला रही है...

गाड़ी का नाम
ना कर बदनाम
पटरी पे रखके सर को
हिम्मत न हार
कर इन्तज़ार
आ लौट जाएँ घर को
ये रात जा रही है
वो सुब्ह आ रही है
गाड़ी बुला रही है...

मजबूर

1974

कभी सोचता हूँ कि मैं कुछ कहूँ
कभी सोचता हूँ कि मैं चुप रहूँ
आदमी जो कहता है
आदमी जो सुनता है
ज़िन्दगी भर वो सदाएँ
पीछा करती हैं
आदमी जो देता है
आदमी जो लेता है
ज़िन्दगी भर वो दुआएँ
पीछा करती हैं
आदमी जो कहता है...

कोई भी हो हर ख़्वाब तो सच्चा नहीं होता
बहुत ज़ियादा प्यार भी अच्छा नहीं होता
कभी दामन छुड़ाना हो तो मुश्किल हो
प्यार के रिश्ते टूटें तो
प्यार के रस्ते छूटें तो
रास्ते में फिर वफ़ाएँ
पीछा करती हैं
आदमी जो कहता है...

कभी-कभी मन धूप के कारण तरसता है
कभी-कभी फिर झूम के सावन बरसता है

पलक झपके यहाँ मौसम बदल जाए
प्यास कभी मिटती नहीं
इक बूँद भी मिलती नहीं
और कभी रिमझिम घटाएँ
पीछा करती हैं
आदमी जो कहता है...

●●

मैं लोगों के प्यार के क़िस्से सुनकर हँसता रहता था
तुम संग आँख लड़ी तो मैं जाना शायर सच कहता था

रूठे रब को मनाना आसान है
रूठे प्यार को मनाना मुश्किल है
सूने घर को बसाना आसान है
सूने दिल को सजाना मुश्किल है
रूठे रब को...

हो सकता है तोड़ के कोई जोड़ ले कोई खिलौना
इस मिट्टी से यारो पैदा हो सकता है सोना
उजड़े बाग़ लगाना आसान है
टूटे फूल खिलाना मुश्किल है
रूठे रब को...

ग़म की रातों में लगते हैं तारे भी अंगारे
शबनम आँसू बादल दरिया हार गए ये सारे
तन की प्यास बुझाना आसान है
मन की आग बुझाना मुश्किल है
रूठे रब को...

माफ़ करो ये गुस्सा छोड़ो मैं हारा तुम जीती
तुम बिन इक दिन ऐसे बीता जैसे उमरिया बीती

सब कुछ भूल जाना आसान है
तेरी याद को भुलाना मुश्किल है
रूठे रब को...

अजनबी

1974

एक अजनबी हसीना से यूँ मुलाक़ात हो गई
फिर क्या हुआ ये न पूछो कुछ ऐसी बात हो गई
एक अजनबी हसीना से...

वो अचानक आ गई
यूँ नज़र के सामने
जैसे निकल आया घटा से चाँद
चेहरे पे ज़ुल्फ़ें बिखरी हुई थीं दिन में रात हो गई
एक अजनबी हसीना से...

जान-ए-मन जान-ए-जिगर
होता मैं शायर अगर
कहता ग़ज़ल तेरी अदाओं पर
मैंने ये कहा तो
मुझसे खफ़ा वो जान-ए-हयात हो गई
एक अजनबी हसीना से...

ख़ूबसूरत बात ये
चार पल का साथ ये
सारी उमर मुझको रहेगा याद
मैं अकेला था मगर
बन गई वो हमसफ़र वो मेरे साथ हो गई
एक अजनबी हसीना से...

प्रेम नगर

1974

ये लाल रंग कब मुझे छोड़ेगा
मेरा ग़म कब तलक मेरा दिल तोड़ेगा
ये लाल रंग...

किसी का भी लिया नाम तो आई याद तू ही तू
ये तो प्याला शराब का बन गया ये लहू
ये लाल रंग...

पीने की क़सम डाल दी पीयूँगा किस तरह
ये न सोचा तूने यार मैं जीयूँगा किस तरह
ये लाल रंग...

चला जाऊँ कहीं छोड़के मैं तेरा ये शहर
न तो यहाँ अमृत मिले पीने को ना ज़हर
ये लाल रंग...

रोटी
1974

यार हमारी बात सुनो
ऐसा इक इंसान चुनो
जिसने पाप ना किया हो
जो पापी न हो
यार हमारी बात सुनो...

कोई है चालाक आदमी
कोई सीदा-सादा
हममें से हर एक है पापी
थोड़ा कोई ज़्यादा
कोई मान गया रे
कोई रूठ गया रे
कोई पकड़ा गया
कोई छूट गया
यार हमारी बात सुनो
ऐसा एक बेईमान चुनो
जिसने पाप ना किया हो
जो पापी न हो
यार हमारी बात सुनो...

इस पापन को आज सज़ा
देंगे मिलकर हम सारे
लेकिन जो पापी न हो

वो पहला पत्थर मारे
पहले अपना मन साफ़ करो
फिर औरों का इंसाफ़ करो
यार हमारी बात सुनो
ऐसा इक नादान चुनो
जिसने पाप ना किया हो
जो पापी न हो
यार हमारी बात सुनो...

चुपके-चुपके

1975

अबके सजन सावन में आग लगेगी बदन में
घटा बरसेगी
मगर तरसेगी
नज़र मिल न सकेंगे दो मन एक ही आँगन में
अबके सजन सावन में...

दो दिलों के बीच खड़ी कितनी दीवारें
कैसे सुनूँगी मैं पिया प्रेम की पुकारें
चोरी-चोरी से तुम लाख करो जतन
सजन मिल न सकेंगे दो मन एक ही आँगन में
अबके सजन सावन में...

इतने बड़े घर में नहीं एक भी झरोका
किस तरह हम देंगे भला दुनिया को धोका
रात भर जगाएँगी ये मस्त-मस्त पवन
सजन मिल न सकेंगे दो मन एक ही आँगन में
अबके सजन सावन में...

तेरे मेरे प्यार का ये साल बुरा होगा
जब बहार आएँगी तो हाल बुरा होगा
काँटे लगाएगा ये फूलों भरा चमन
सजन मिल न सकेंगे दो मन एक ही आँगन में
अबके सजन सावन में...

जूली

1975

दिल क्या करे जब किसी से किसी को प्यार हो जाए
जाने कहाँ कब किसी से किसी को प्यार हो जाए
ऊँची-ऊँची दीवारों-सी इस दुनिया की रस्में
ना कुछ तेरे बस में जूली ना कुछ मेरे बस में
दिल क्या करे...

जैसे पर्वत पे घटा झुकती है
जैसे सागर से लहर उठती है
ऐसे किसी चेहरे पे निगाह रुकती है
रोक नहीं सकती नज़रों को दुनिया भर की रस्में
ना कुछ तेरे बस में जूली ना कुछ मेरे बस में
दिल क्या करे...

आ मैं तेरी याद में सबको भूला दूँ
दुनिया को तेरी तस्वीर बना दूँ
मेरा बस चले तो दिल चीर के दिखा दूँ
दौड़ रहा है साथ लहू के प्यार तेरा नस-नस में
ना कुछ तेरे बस में जूली ना कुछ मेरे बस में
दिल क्या करे...

शोले

1975

ये दोस्ती हम नहीं तोड़ेंगे
तोड़ेंगे दम मगर तेरा साथ ना छोड़ेंगे
ये दोस्ती हम नहीं तोड़ेंगे...

मेरी जीत तेरी जीत
मेरी हार तेरी हार
सुन अय मेरे यार
तेरा ग़म मेरा ग़म
मेरी जान तेरी जान
ऐसा अपना प्यार
जान पे भी खेलेंगे
तेरे लिए ले लेंगे सबसे दुश्मनी
ये दोस्ती हम नहीं तोड़ेंगे...

लोगों को आते हैं
दो नज़र हम मगर
देखो दो नहीं
हो जुदा या ख़फा
अय .ख़ुदा है दुआ
ऐसा हो नहीं
खाना-पीना साथ है
मरना-जीना साथ है सारी ज़िन्दगी
ये दोस्ती हम नहीं तोड़ेंगे...

बैराग

1976

पीते-पीते कभी-कभी यूँ जाम बदल जाते हैं
जाम बदल जाते हैं
काम बदल जाते हैं लोगों के नाम बदल जाते हैं
पीते-पीते कभी-कभी...

ये परवाना अय शम्मा मेहमाँ है इक रात का
दिल की बातें छेड़ दूँ डर है बस इस बात का
यहाँ से वहाँ तक जाने में
वहाँ से यहाँ तक आने में
लोग ये कहते हैं जी
बन्द लिफ़ाफ़े में भी दिल के पैग़ाम बदल जाते हैं
पीते-पीते कभी-कभी...

दो रूख़ हर तस्वीर के हैराँ हूँ मैं देखके
है एक चेहरा और भी चेहरे पे हरेक के
नज़र को नज़र जो आता है
फ़रेब-ए-नज़र कहलाता है
नींद के इक झोंके से
आँख के इस धोके से राम और श्याम बदल जाते हैं
पीते-पीते कभी-कभी...

महबूबा

1976

मेरे नयना सावन-भादो
फिर भी मेरा मन प्यासा
मेरे नयना सावन-भादो...

बात पुरानी है
एक कहानी है
अब सोचूँ तुम्हें याद नहीं है
अब सोचूँ नहीं भूले
वो सावन के झूले
रुत आए रुत जाए दे के
झूटा एक दिलासा
फिर भी मेरा मन प्यासा
मेरे नयना सावन-भादो...

बरसों बीत गए
हमको मिले बिछड़े
बिजुरी बनकर गगन पे चमकी
बीते समय की रेखा
मैंने तुमको देखा
तड़प-तड़प के इस बिरहन को
आया चैन ज़रा-सा
फिर भी मेरा मन प्यासा
मेरे नयना सावन-भादो...

घुँघरू की छम छम
बन गई दिल का ग़म
डूब गया दिल यादों में
उभरी बेरंग लकीरें
देखो ये तस्वीरें
सूने महल में नाच रही है
अब तक इक रक़्क़ासा
फिर भी मेरा मन प्यासा
मेरे नयना सावन-भादो...

अय दिल दीवाने
खेल है क्या जाने
दर्द भरा ये गीत कहाँ से
इन होंटों पे आए
दूर कहीं ले जाए
भूल गया क्या भूल के भी है
मुझको याद ज़रा-सा
फिर भी मेरा मन प्यासा
मेरे नयना सावन-भादो...

बालिका वधू

1976

बड़े अच्छे लगते हैं
क्या
ये धरती ये नदिया ये रैना
और
और तुम
बड़े अच्छे लगते हैं...

ओ माझी रे
जइयो पिया के देस
हम तुम कितने पास हैं कितने दूर हैं चाँद-सितारे
सच पूछो तो मन को झूटे लगते हैं ये सारे
मगर सच्चे लगते हैं
बड़े अच्छे लगते हैं...

तुम इन सबको छोड़ के कैसे कल सुबह जाओगी
मेरे साथ इन्हें भी तो तुम याद बहुत आओगी
बड़े अच्छे लगते हैं
बड़े अच्छे लगते हैं...

अमर अकबर अन्थोनी

1977

शबाब पे मैं ज़रा-सी शराब फैंकूँगा
किसी हसीं की तरफ़ ये गुलाब फैंकूँगा
पर्दा है पर्दा है पर्दा है पर्दा है
पर्दा है पर्दा है पर्दा है पर्दा है
पर्दा है पर्दा पर्दा है पर्दा
पर्दे के पीछे पर्दानशीं है
पर्दानशीं को बेपर्दा न कर दूँ
तो अकबर मेरा नाम नहीं है
पर्दा है पर्दा...

मैं देखता हूँ जिधर लोग भी उधर देखें
कहाँ ठहरती है जाकर मेरी नज़र देखें
मेरे ख़्वाबों की शहज़ादी
मैं हूँ अकबर इलाहबादी
मैं शायर हूँ हसीनों का
मैं आशिक महजबीनों का
तेरा दामन न छोड़ूँगा
मैं हर चिलमन को तोड़ूँगा
ना डर ज़ालिम ज़माने से
अदा से या बहाने से
ज़रा अपनी सूरत दिखा दे
समाँ ख़ूबसूरत बना दे
नहीं तो तेरा नाम लेके

तुझे कोई इल्ज़ाम देके
तुझको इस महफ़िल में रुसवा न कर दूँ
हाँ पर्दानशीं को बेपर्दा न कर दूँ
तो अकबर मेरा नाम नहीं है
पर्दा है पर्दा...

खुदा का शुक्र है चेहरा नज़र तो आया है
हया का रंग निगाहों पे फिर भी छाया है
किसी की जान जाती है
किसी को शर्म आती है
कोई आँसू बहाता है
तो कोई मुस्कराता है
सताकर इस तरह अक्सर
मज़ा लेते हैं ये दिलबर
यही दस्तूर है इनका
सितम मशहूर है इनका
ख़फ़ा होके चेहरा छुपा ले
मगर याद रख हुस्नवाले
जो है आग तेरी जवानी
मेरा प्यार है सर्द पानी
मैं तेरे गुस्से को ठंडा न कर दूँ
हाँ, पर्दानशीं को बेपर्दा न कर दूँ
तो अकबर मेरा नाम नहीं है
पर्दा है पर्दा...

मुक्ति

1977

सोहानी चाँदनी रातें हमें सोने नहीं देतीं
तुम्हारे प्यार की बातें हमें सोने नहीं देतीं
सोहानी चाँदनी रातें...

तुम्हारी रेशमी ज़ुल्फ़ों में दिल के फूल खिलते थे
कहीं फूलों के मौसम में कभी हम-तुम भी मिलते थे
पुरानी वो मुलाक़ातें हमें सोने नहीं देतीं
सोहानी चाँदनी रातें...

कहीं ऐसा न हो लग जाए दिल में आग पानी से
बदल लें रास्ता अपना घटाएँ मेहरबानी से
कि यादों की ये बरसातें हमें सोने नहीं देतीं
सोहानी चाँदनी रातें...

अपनापन

1977

आदमी मुसाफ़िर है
आता है जाता है
आते-जाते रस्ते में
यादें छोड़ जाता है
आदमी मुसाफ़िर है...

झोंका हवा का पानी का रेला
मेले में रह जाए जो अकेला
फिर वो अकेला ही रह जाता है
आदमी मुसाफ़िर है...

कब छोड़ता है ये रोग जी को
दिल भूल जाता है जब किसी को
वो भूल कर भी याद आता है
आदमी मुसाफ़िर है...

क्या साथ लाए क्या तोड़ आए
रस्ते में हम क्या-क्या छोड़ आए
मंज़िल पे जाके याद आता है
आदमी मुसाफ़िर है...

जब डोलती है जीवन की नैया
कोई तो बन जाता है खिवैया

कोई किनारे पे ही डूब जाता है
आदमी मुसाफ़िर है...

रोती हैं आँखें जलता है दिल ये
जब अपने घर के फेंके दीये से
आँगन पराया जगमगाता है
आदमी मुसाफ़िर है...

अनुरोध

1977

तुम बेसहारा हो तो किसी का सहारा बनो
तुमको अपने आप ही सहारा मिल जाएगा
कश्ती कोई डूबती पहुँचा दो किनारे पे
तुमको अपने आप ही किनारा मिल जाएगा
तुम बेसहारा हो तो...

हँसकर ज़िन्दा रहना पड़ता है
अपना दुख ख़ुद सहना पड़ता है
रस्ता चाहे कितना लम्बा हो
दरिया को तो बहना पड़ता है
तुम हो एक अकेले तो
रुक मत जाओ चल निकलो
रस्ते में कोई साथी तुम्हारा मिल जाएगा
तुम बेसहारा हो तो...

जीवन तो एक जैसा होता है
कोई हँसता कोई रोता है
सब्र से जीना आसाँ होता है
फ़िक्र से जीना मुश्किल होता है
थोड़े फूल हैं काँटे हैं
जो तक़दीर ने बाँटे हैं
हमको इनमें से हिस्सा हमारा मिल जाएगा
तुम बेसहारा हो तो...

न बस्ती में ना वीरानों में
न खेतों में न खलिहानों में
न मिलता है प्यार बज़ारों में
न बिकता है चैन दुकानों में
ढूँढ़ रहे हो तुम जिसको
उसको बाहर मत ढूँढ़ो
मन के अन्दर ढूँढ़ो प्रीतम प्यारा मिल जाएगा
तुम बेसहारा हो तो...

●●

न हँसना मेरे ग़म पे इंसाफ़ करना
जो मैं रो पड़ूँ तो मुझे माफ़ करना
जब दर्द नहीं था सीने में
तब ख़ाक मज़ा था जीने में
अबके शायद हम भी रोएँ
सावन के महीने में
जब दर्द नहीं था सीने में...

यारों का ग़म क्या होता है
मालूम न था अनजानों को
साहिल पे खड़े होकर हमने
देखा अक्सर तूफ़ानों को
अबके शायद हम भी डूबें
मौज़ों के सफ़ीने में
जब दर्द नहीं था सीने में...

ऐसे तो ठेस न लगती थी
जब अपने रूठा करते थे
इतना तो दर्द न होता था
जब सपने टूटा करते थे
अबके शायद दिल भी टूटे

अबके शायद हम भी रोएँ
सावन के महीने में
जब दर्द नहीं था सीने में...

इस क़दर तो कोई प्यार करता नहीं
मरने वालों के साथ कोई मरता नहीं
आपके सामने मैं न फिर आऊँगा
गीत ही जब न होंगे तो क्या गाऊँगा
मेरी आवाज़ प्यारी है तो दोस्तो
यार बच जाए मेरी दुआ सब करो
दुआ सब करो

सत्यम शिवम सुन्दरम

1978

चंचल शीतल निर्मल कोमल
संगीत की देवी स्वर सजनी
सुन्दरता की हर प्रतिमा से
बढ़ कर है तू सुन्दर सजनी
चंचल शीतल निर्मल कोमल...

कहते हैं जहाँ ना रवि पहुँचे
कहते हैं वहाँ पर कवि पहुँचे
तेरे रंग-रूप की छाया तक
ना रवि पहुँचे ना कवि पहुँचे
मैं छूने लगूँ तू उड़ जाए
परियों-से तेरे पर सजनी
चंचल शीतल निर्मल कोमल...

तेरे रसवन्ती होटों का मैं
गीत कोई बन जाऊँगा
सरगम के फूलों से तेरे
सपनों की सेज़ सजाऊँगा
डोली में बैठके आएगी
जब तू साजन के घर सजनी
चंचल शीतल निर्मल कोमल...

ऐसा लगता है टूट गए सब तारे

टूट के सिमट गए गोरे गोरे
एक चन्दा से रगीं बदन पे लिपट गए
बनकर नथ कंगन करघनियाँ
घुँघरू झुमके झुमर सज़नी
चंचल शीतल निर्मल कोमल...

मैं तुलसी तेरे आँगन की

1978

मैं तुलसी तेरे आँगन की
कोई नहीं मैं तेरे साजन की
मैं तुलसी तेरे आँगन की...

द्वार पड़े-पड़े तरस गई
आज उमड़ कर बरस गई
प्यासी बदली सावन की
मैं तुलसी तेरे आँगन की...

माँग तेरी सिन्दूर भी तेरा
सब कुछ तेरा कुछ नहीं मेरा
मोहे सौगन्ध तेरे अँसुअन की
मैं तुलसी तेरे आँगन की...

काहे को तू मुझसे जलती है
ऐ री मोहे तो तू लगती है
कोई सहेली बचपन की
मैं तुलसी तेरे आँगन की...

मैं तेरा क्या ले जाऊँगी
कुछ ना कुछ तोहे दे जाऊँगी
धूल मैं तेरी गलियन की
मैं तुलसी तेरे आँगन की...

मत रो बहना अन्दर जाके
देख गली में बाहर आके
अर्थी अपनी सौतन की
मैं तुलसी तेरे आँगन की...

शालीमार

1978

आईना वही रहता है
चेहरे बदल जाते हैं
आँखों में रुकते नहीं जो
आँसू निकल जाते हैं
आईना वही रहता है...

पहली मुलाक़ात की
तौबा वो पहली नज़र
क्या हो गया कब हुआ
होती नहीं कुछ ख़बर
कितना भी दिल को सँभालूँ
अरमाँ मचल जाते हैं
आईना वही रहता है...

गुलशन में फूलों के साथ
खिलते हैं दिल में गुलाब
होता है जब प्यार तो
लगता है पानी शराब
दो घूँट पीते ही लेकिन
ये होंट जल जाते हैं
आईना वही रहता है...

बेख़बर बेक़दर

प्यार सच है अगर
देखना एक दिन
रोएगा मेरे बिन
राह में छोड़कर
मेरा दिल तोड़कर
मुझको तड़पाया क्यूँ
तू भी तड़पेगा यूँ
याद रख बेवफ़ा
ये मेरी बद्दुआ
तूने जिसके लिए
मुझको धोके दिए
वो तेरी दिलरुबा
लेगी बदला मेरा
मैं ये ग़म हमनशीं
भूल सकती नहीं
वो इरादे तेरे
झूटे वादे तेरे
जब याद आते हैं दिल पर
बस तीर चल जाते हैं
आईना वही रहता है...

●●

हम बेवफ़ा हरगिज़ न थे
पर हम वफ़ा कर न सके
हमको मिली उसकी सज़ा
हम जो ख़ता कर न सके
हम बेवफ़ा हरगिज़ न थे...

कितनी अकेली थी वो राहें हम जिन पे
अब तक अकेले चलते रहे
तुझसे बिछड़ के भी ओ बेख़बर

तेरे ही ग़म में जलते रहे
तूने किया जो शिकवा
हम वो गिला कर न सके
हम बेवफ़ा हरगिज़ न थे...

तुमने जो देखा-सुना सच था मगर
कितना था सच ये किसको पता
जाने तुम्हें मैंने कोई धोका दिया
जाने तुम्हें कोई धोका हुआ
इस प्यार में सच-झूट का
तुम फ़ैसला कर ना सके
हम बेवफ़ा हरगिज़ न थे...

हम बेवफ़ा हरगिज़ न थे
पर हम वफ़ा कर न सके
हाज़िर है लो ये दिल जो हम
पहले फ़िदा कर न सके

धी ग्रेट गैम्बलर

1979

दो लफ़्ज़ों की है दिल की कहानी
या है मोहब्बत या है जवानी
दो लफ़्ज़ों की है...

दिल की बातों का मतलब न पूछो
कुछ और हमसे बस अब न पूछो
जिसके लिए है दुनिया दीवानी
या है मोहब्बत या है जवानी
दो लफ़्ज़ों की है...

ये कश्ती वाला क्या गा रहा था
कोई इसे भी याद आ रहा था
क़िस्से पुराने यादें पुरानी
या है मोहब्बत या है जवानी
दो लफ़्ज़ों की है...

इस ज़िन्दगी के दिन कितने कम हैं
कितनी हैं खुशियाँ और कितने ग़म हैं
लग जा गले से रुत है सुहानी
या है मोहब्बत या है जवानी
दो लफ़्ज़ों की है...

गौतम गोविन्दा

1979

इक ऋतु आए इक ऋतु जाए
मौसम बदले ना बदले नसीब
कौन जतन करूँ कौन उपाय
इक ऋतु आए इक ऋतु जाए...

तक-तक सूखे पर्वत आँखें तरस गईं
बादल तो न बरसे आँखें बरस गईं
बरस-बरस दुख बढ़ता जाए
इक ऋतु आए इक ऋतु जाए...

प्यासी बंजर धरती किसका पेट भरे
भूखे-प्यासे बच्चे खेती कौन करे
माँ की ममता नीर बहाए
इक ऋतु आए इक ऋतु जाए...

प्यार न सीखा नफ़रत करना सीख लिया
सब लोगों ने लड़ना-मरना सीख लिया
इनको जीना कौन सिखाए
इक ऋतु आए इक ऋतु जाए...

सरगम

1979

कोयल बोली
दुनिया डोली
समझो
दिल की बोली
दिल दुनिया में
फ़र्क़ है कितना
तू है
कितनी भोली
कोयल बोली...

इस दिल के धोके में रह लो
कुछ भी सुन लो कुछ भी कह लो
रंग बिना
न खेली जाए
इस जीवन
की होली
कोयल बोली...

ऊपर अम्बर नीचे ज़मीं है
इतना बड़ा घर कोई नहीं है
फूल पवन
बादल पंछी
ये सब अपने

हमजोली
कोयल बोली...

देखो हँस दो दिल न तोड़ो
मैं खुश हूँ तुम मेरा साथ न छोड़ो
तेरा साथ
मैं छोड़ूँगा
पर भेज के
तेरी डोली
कोयल बोली...

●●

हम तो चले परदेस हम परदेसी हो गए
छूटा अपना देस हम परदेसी हो गए
हम तो चले परदेस...

ये गलियाँ पथ पनघट ये मन्दिर बरसों पुराना
कल तक ये सब अपना था अब लगता है बेगाना
बदला जग ने भेस हम परदेसी हो गए
हम तो चले परदेस...

अय पंछी हम क़िस्मत के मारों को भूल न जाना
आते-जाते ख़ैर-ख़बर सब लोगों की दे जाना
ले जाना सन्देस हम परदेसी हो गए
हम तो चले परदेस...

क्रोधी

1980

चलो चल चल चल
चल चमेली-बाग़ में मेवा खिलाऊँगा
मेवे की टहनी टूट गई तो
चादर बिछाऊँगा
चादर का पल्लू फट गया तो
दर्ज़ी बुलवाऊँगा
दर्ज़ी की सूई टूट गई तो
घोड़ा दौड़ाऊँगा
घोड़े की टाँग टूट गई तो
तो तुमको उठाऊँगा दिल में बिठाऊँगा
चल चमेली-बाग़ में...

इतना सब कुछ करके फिर दिल में बिठाओगे
पहले से ही दिल में बिठा लो तुम थक जाओगे
चल चमेली बाग़ में झूला झुलाऊँगी
झूले की रस्सी टूट गई तो
आँचल बिछाऊँगी
आँचल का पल्लू फट गया तो
सी कर दिखाऊँगी
सुई जो मुझको चुभ गई तो
हँसकर मनाऊँगी
हँसकर जो तुम न माने तो रोकर दिखाऊँगी
तुमको मनाऊँगी

तुम मान जाओगे मैं रूठ जाऊँगी
चल चमेली-बाग़ में...

यानी सारा वक़्त कटेगा तुम्हें मनाने में
घर में बैठो क्या रखा है बाग़ में जाने में
चल चमेली-बाग़ में पंछी दिखाऊँगा
पंछी डाली से उड़ गए तो
सीटी बजाऊँगा
सीटी से भी न वो मुड़े तो
बंसी बजाऊँगा
बंसी जो गिर के टूट गई तो
मैं गीत गाऊँगा
गीतों में तुमको प्यार की बातें सुनाऊँगा
दिन-रात फिर तुमको मैं याद आऊँगा
चल चमेली-बाग़ में...

याद न आना वरना मुझको नींद न आएगी
आँखों ही आँखों में सारी रात जाएगी
चल चमेली-बाग़ में चोरी से जाएँगे
चोरी से माली की सभी
कलियाँ चुराएँगे
कलियाँ चुराके तेरा
गजरा बनाएँगे
ये तो सोचो
क्या होगा जो
पकड़े जाएँगे
पकड़े जाने से पहले तो हम भाग जाएँगे
चल चमेली-बाग़ में हम मेवा खाएँगे
चल चमेली-बाग़ में...

आशा

1980

जाने हम सड़क के लोगों से
महलों वाले क्यूँ जलते हैं
ये ऊँचे महलों वाले भी
इन सड़कों पर ही चलते हैं
जाने हम सड़क के लोगों से...

गुमनाम हैं हम मशहूर हैं वो
इस बात पे क्यूँ मग़रूर हैं वो
हमने उनको ये नाम दिया
जिस नाम पे आप मचलते हैं
जाने हम सड़क के लोगों से...

ये हँसते हैं लेकिन दिल में
ये गाते हैं पर महफ़िल में
हममें इनमें है फ़र्क़ बड़ा
हम जीते हैं ये पलते हैं
जाने हम सड़क के लोगों से...

अच्छे कि बुरे हम कैसे हैं
हम जैसे थे हम वैसे हैं
इंसान नहीं वो मौसम हैं
जो वक़्त के साथ बदलते हैं
जाने हम सड़क के लोगों से...

••

साँची ज्योतों वाली माता
तेरी जय जयकार
जय जयकार जय जयकार
तूने मुझे बुलाया शेराँवालिए
मैं आया मैं आया शेराँवालिए
ओ ज्योताँवालिए
ओ पहाड़ाँवालिए
ओ मेहराँवालिए
तूने मुझे बुलाया शेराँवालिए...

सारा जग है इक बंजारा
सबकी मन्दिर तेरा द्वारा
ऊँचे पर्वत लम्बा रस्ता
पर मैं रह ना पाया शेराँवालिए
मैं आया मैं आया शेराँवालिए
तूने मुझे बुलाया...

सूने मन में जल गई बाती
तेरे पथ में मिल गए साथी
मुँह खोलूँ क्या तुझसे माँगूँ
बिन माँगे सब पाया शेराँवालिए
मैं आया मैं आया शेराँवालिए
तूने मुझे बुलाया...

कौन है राजा कौन भिकारी
एक बराबर तेरे सारे पुजारी
तूने सबको दर्शन दे के
अपने गले लगाया शेराँवालिए
मैं आया मैं आया शेराँवालिए
तूने मुझे बुलाया...

प्रेम से बोलो–जय माता दी
सारे बोलो–जय माता दी
आते बोलो–जय माता दी
जाते बोलो–जय माता दी
कष्ट निवारे–जय माता दी
पार उतारे–जय माता दी
देवी माँ भोली–जय माता दी
भर दे झोली–जय माता दी
जोड़े दर्पण–जय माता दी
माँ दे के दर्शन–जय माता दी
जय माता दी–जय माता दी
जय माता दी
शेराँवाली की जय
पहाड़ाँवाली की जय
वैष्णव रानी की जय
अम्बे रानी की जय
पहाड़ाँवाली की जय

●●

शीशा हो या दिल हो
आख़िर टूट जाता है
लब तक आते-आते हाथों से
साग़र छूट जाता है
शीशा हो या दिल हो...

काफ़ी बस अरमान नहीं
कुछ मिलना आसान नहीं
दुनिया की मज़बूरी है
फिर तक़दीर ज़रूरी है
ये जो दुश्मन हैं ऐसे
दोनों राज़ी हों कैसे

एक को मनाओ तो
दूजा रूठ जाता है
शीशा हो या दिल हो...

बैठे थे किनारे पे
मौजों के सहारे पे
हम खेलें तूफ़ानों से
इस दिल के अरमानों से
हमको ये मालूम न था
कोई साथ नहीं देता
माँझी छोड़ जाता है
साहिल छूट जाता है
शीशा हो या दिल हो...

दुनिया एक तमाशा है
आशा और निराशा है
थोड़े फूल हैं काँटे हैं
जो तक़दीर ने बाँटे हैं
अपना-अपना हिस्सा है
अपना-अपना क़िस्सा है
कोई लुट जाता है
कोई लूट जाता है
शीशा हो या दिल हो...

कर्ज़

1980

हे तुमने कभी किसी से प्यार किया–किया
कभी किसी को दिल दिया–दिया
मैंने भी दिया
मेरी उमर के नौजवानो
दिल न लगाना ओ दीवानो
मैंने प्यार करके चैन खोया नींद खोई
झूट तो कहने नहीं हैं कहते नहीं हैं लोग कोई
प्यार से बढ़कर नहीं है बढ़कर नहीं है रोग कोई
चलता नहीं है दिल दे के यारो इस दिल पे जोर कोई
इस रोग का नहीं है इलाज दुनिया में और कोई
तो गाओ
ओम शान्ति ओम
शान्ति शान्ति ओम
ओम शान्ति ओम...

जो छुप गया है पहली नज़र का पहला सलाम लेकर
हर एक साँस लेता हूँ अब मैं उसका ही नाम लेकर
मेरे हज़ारों दीवाने अब मैं ख़ुद बन गया दीवाना
ये वक़्त तुम पे आ जाए प्यार में तो ये गीत गाना
सिंग
ओम शान्ति ओम...

मैंने किसी को दिल दे के कर लीं रातें ख़राब देखो

आया नहीं अभी तक उधर से कोई जवाब देखो
वो ना कहेंगे तो .ख़ुदकशी भी कर जाऊँगा मैं यारो
वो हाँ कहेंगे तो भी .ख़ुशी से मर जाऊँगा मैं यारो
ओम शान्ति ओम...

●●

दर्द-ए-दिल दर्द-ए-जिगर दिल में जगाया आपने
पहले तो मैं शायर था आशिक़ बनाया आपने
दर्द-ए-दिल...

आपकी मदहोश नज़रें कर रही हैं शायरी
ये ग़ज़ल मेरी नहीं ये ग़ज़ल है आपकी
मैंने तो बस वो लिखा जो कुछ लिखाया आपने
दर्द-ए-दिल...

कब कहाँ सब खो गईं जितनी भी थीं परछाइयाँ
उठ गई यारों की महफ़िल हो गईं तनहाइयाँ
क्या किया शायद कोई परदा गिराया आपने
दर्द-ए-दिल...

और थोड़ी देर में बस हम जुदा हो जाएंगे
आपको ढूँढूँगा कैसे रास्ते खो जाएँगे
नाम तक भी तो नहीं अपना बताया आपने
दर्द-ए-दिल...

अब्दुल्ला

1980

मैंने पूछा चाँद से कि देखा है कहीं मेरे यार-सा हसीं
चाँद ने कहा चाँदनी की क़सम नहीं नहीं नहीं
मैंने पूछा चाँद से...

मैंने ये हिजाब तेरा ढूँढ़ा
हर जगह शबाब तेरा ढूँढ़ा
कलियों से मिसाल तेरी पूछी
फूलों में जवाब तेरा ढूँढ़ा
मैंने पूछा बाग़ से फ़लक हो या ज़मीं ऐसा फूल है कहीं
बाग़ ने कहा हर कली की क़सम नहीं नहीं नहीं
मैंने पूछा चाँद से...

चाल है कि मौज की रवानी
जुल्फ़ है कि रात की कहानी
होंट है कि आइन-ए-कँवल के
आँख है कि मयक़दों की रानी
मैंने पूछा जाम से फ़लक हो या ज़मीं ऐसी मय भी है कहीं
जाम ने कहा मयकशी की क़सम नहीं नहीं नहीं
मैंने पूछा चाँद से...

ख़ूबसूरती जो तूने पाई
लुट गई .ख़ुदा की बस ख़ुदाई
मीर की ग़ज़ल कहूँ तुझे मैं

या कहूँ ख़य्याम की रूबाई
मैं जो पूछूँ शायरों से ऐसा दिलनशीं कोई शेर है कहीं
शायर कहें शायरी की क़सम नहीं नहीं नहीं
मैंने पूछा चाँद से...

शारदा

1981

आपका ख़त मिला
आपका शुक्रिया
आपने याद
मुझको किया
शुक्रिया शुक्रिया
आपका ख़त मिला...

प्यार में याद करना ही काफ़ी नहीं
आपकी भूल क़ाबिल-ए-माफ़ी नहीं
जी रूठ जाएँगे हम
फिर मनाना सनम
यूँ कटा आप बिन
एक छोटा-सा दिन
जैसे इक साल था
दिल का वो हाल था
आपको क्या ख़बर
क्या है दर्द-ए-जिगर
बस फ़साना कोई
इक बहाना कोई
लिख के काग़ज़
पे भेज दिया
शुक्रिया शुक्रिया
आपका ख़त मिला...

आप लिखते हैं मिलने की फ़ुरसत नहीं
छोड़िए बेरुख़ी है ये उल्फ़त नहीं
हमको था इन्तज़ार
दिल रहा बेक़रार
शाम तक हम रहे
रास्ता देखते
थक गई जब नज़र
तब मिली ये ख़बर
आप आए नहीं
काम था कुछ कहीं
पर हमें ग़म नहीं
ये भी कुछ कम नहीं
दिल के बदले
लिफ़ाफ़ा मिला
शुक्रिया शुक्रिया
आपका ख़त मिला...

इक दूजे के लिए

1981

कोशिश करके देख लें दरिया सारे नदियाँ सारी
दिल की लगी नहीं बुझती, बुझती है हर चिंगारी

सोलह बरस की बाली उमर को सलाम
अय प्यार तेरी पहली नज़र को सलाम
दुनिया में सबसे पहले जिसने ये दिल दिया
दुनिया के सबसे पहले दिलबर को सलाम
दिल से निकलने वाले रस्ते का शुक्रिया
दिल तक पहुँचने वाली डगर को सलाम
अय प्यार तेरी पहली नज़र को सलाम
सोलह बरस की...

जिसमें जवान होकर बदनाम हम हुए
उस शहर उस गली उस घर को सलाम
जिसने हमें मिलाया जिसने जुदा किया
उस वक़्त उस घड़ी उस गजर को सलाम
अय प्यार तेरी पहली नज़र को सलाम
सोलह बरस की...

मिलते रहें यहाँ हम ये है यहाँ लिखा
इस लिखावट की ज़ेर-ओ-ज़बर को सलाम
साहिल की रेत पर यूँ लहरा उठा ये दिल
सागर में उठने वाली हर लहर को सलाम

इन मस्त गहरी-गहरी आँखों की झील में
जिसने हमें डुबोया उस भँवर को सलाम
घूँघट को तोड़ कर जो सर से सरक गई
ऐसी निगोड़ी धानी चुनर को सलाम
उल्फ़त के दुश्मनों ने कोशिश हज़ार की
फिर भी नहीं झुकी जो उस नज़र को सलाम
अय प्यार तेरी पहली नज़र को सलाम
सोलह बरस की...

●●

तेरे मेरे बीच में कैसा है ये बन्धन अंजाना
मैंने नहीं जाना तूने नहीं जाना
तेरे मेरे बीच में...

एक डोर खींचे दूजा दौड़ा चला आए
कच्चे धागे में बँधा चला आए
ऐसे जैसे कोई दीवाना
मैंने नहीं जाना तूने नहीं जाना
तेरे मेरे बीच में...

नींद न आए मुझे चैन न आए
लाख जतन करूँ रोका न जाए
सपनों में तेरा आना जाना
मैंने नहीं जाना तूने नहीं जाना
तेरे मेरे बीच में...

कितनी ज़ुबानें बोलें लोग हमजोली
दुनिया में प्यार की एक है बोली
बोले जो शम्मा परवाना
मैंने नहीं जाना तूने नहीं जाना
तेरे मेरे बीच में...

लव स्टोरी

1981

याद आ रही है
तेरी याद आ रही है
याद आने से
तेरे जाने से
जान जा रही है
याद आ रही है...

पहले ये ना जाना तेरे बाद ये जाना प्यार में
जीना मुश्किल कर देगा ये दिल दीवाना प्यार में
जाने कैसे
साँस ये ऐसे
आ-जा रही है
याद आ रही है...,

बनते-बनते दुल्हन प्रीत हमारी ऊलझन बन गई
मेरे दिल की धड़कन मेरी जान की दुश्मन बन गई
कुछ कह-कह के
मुझे रह-रह के
तड़पा रही है
याद आ रही है...

ये रुत की रंगरलियाँ ये फूलों की गलियाँ रो पड़ीं
मेरा हाल सुना तो मेरे साथ ये कलियाँ रो पड़ीं

एक नहीं तू
दुनिया आँसू
बरसा रही है
याद आ रही है...

दोस्ताना

1981

दिल्लगी ने दी हवा
थोड़ा सा धुआँ उठा
और आग जल गई
तेरी मेरी दोस्ती
प्यार में बदल गई
तेरी मेरी दोस्ती...

पहले-पहले कम मिले
फिर तो ख़ूब हम मिले
एक मुलाक़ात में
हँस के बात-बात में
जाने तूने क्या कहा
जाने मैंने क्या सुना
तूने किया मज़ाक
मेरी जान निकल गई
तेरी मेरी दोस्ती...

दो दिलों के मेल में
इस नज़र के खेल में
ऐसे दिल धड़क गया
शोर दूर तक गया
क्या ये ख़ून माफ़ है
ये कोई इंसाफ़ है

आँखों का था क़ुसूर
छुरी दिल पे चल गई
तेरी मेरी दोस्ती...

तेरी भी ख़ता नहीं
मेरी भी ख़ता नहीं
दोनों पे शबाब है
उम्र ये ख़राब है
शौक़ शायरी का है
शेर ये किसी का है
देखा जो हुस्न-ए-यार
तबीयत मचल गई
तेरी मेरी दोस्ती...

बेताब

1982

अपने दिल से बड़ी दुश्मनी थी
किसलिए मैंने तुमसे दोस्ती की
अपने दिल को जलाके रौशनी की
किसलिए मैंने तुमसे दोस्ती की
अपने दिल से बड़ी दुश्मनी थी...

तुमने अच्छा सहारा दिया
बेसहारा मुझे कर दिया
कल गले से लगाया मुझे
आज ठुकरा दिया बेवफ़ा
तुमने अच्छी सनम दिल्लगी की
किसलिए मैंने तुमसे दोस्ती की
अपने दिल से बड़ी दुश्मनी थी...

आसमां बन गई ये जमीं
मेरे हमदम मेरे हमनशीं
तुमने देखी मेरी बेरुख़ी
बेबसी मेरी देखी नहीं
मैं हूँ तस्वीर इक बेकसी की
किसलिए मैंने तुमसे दोस्ती की
अपने दिल को ज़ला के रौशनी की
किसलिए मैंने तुमसे दोस्ती की
अपने दिल से बड़ी दुश्मनी थी...

हर ख़ुशी बस पराई हुई
मेरी दुश्मन ख़ुदाई हुई
मुझको अफ़सोस है प्यार में
मुझसे ये बेवफ़ाई हुई
मैंने तुमपे फ़िदा ज़िन्दगी की
किसलिए मैंने तुमसे दोस्ती की
अपने दिल को जला के रौशनी की
किसलिए मैंने तुमसे दोस्ती की
अपने दिल से बड़ी दुश्मनी थी

विधाता

1982

हाथों की चन्द लकीरों का
सब खेल है बस तक़दीरों का
तक़दीर है क्या मैं क्या जानूँ
मैं आशिक़ हूँ तदबीरों का
हाथों की चन्द लकीरों का...

अपने तक़दीर से कौन लड़े
पनघट पे प्यासे लोग खड़े
मुझको करने हैं काम बड़े
ओ यारा काम बड़े
ओ लाले काम बड़े
है शौक़ तुझे तक़रीरों का
मैं आशिक़ हूँ तदबीरों का
हाथों की चन्द लकीरों का...

मैं मालिक अपनी क़िस्मत का
मैं बन्दा अपनी हिम्मत का
देखेंगे तमाशा दौलत का
यारा दौलत का
ओ यारा दौलत का
हम भेस बदल के फ़कीरों का
देखेंगे खेल तक़दीरों का
तक़दीर है क्या मैं क्या जानूँ
मैं आशिक़ हूँ तदबीरों का
हाथों की चन्द लकीरों का...

तेरी क़सम

1982

मेरे गीतों में मेरी कहानियाँ हैं
कलियों का बचपन है फूलों की जवानियाँ हैं
मेरे गीतों में मेरी कहानियाँ हैं...

रुत पे बहार है
दिल बेक़रार है
कुछ इन्तज़ार-सा है
कहते हैं सारे
हो ना हो प्यारे
ये हाल प्यार-सा है
ये मोहब्बत की पहली निशानियाँ हैं
मेरे गीतों में मेरी कहानियाँ हैं...

अय दिल दीवाने
दुनिया क्या जाने
क्यूँ गीत गाता हूँ मैं
गीतों के बहाने
दिल के फ़साने
उसको सुनाता हूँ मैं
जिसकी मुझपे बड़ी मेहरबानियाँ हैं
मेरे गीतों में मेरी कहानियाँ हैं...

दिलकश कमाल-सी
नाज़ुक ख़्याल-सी

डाली गुलाब की है
लड़की है लेकिन
लगता है वो इक
बोतल शराब की है
उसकी अखियाँ बड़ी मस्तानियाँ है
मेरे गीतों में मेरी कहानियाँ हैं...

कुली
1983

मुझे पीने का शौक़ नहीं
पीता हूँ ग़म भुलाने को
तेरी यादें मिटाने को
पीता हूँ ग़म भुलाने को
मुझे पीने का शौक़ नहीं
पीती हूँ ग़म भुलाने को
मुझे पीने का शौक़ नहीं...

लाखों में हज़ारों में
इक तू ना नज़र आई
तेरा कोई ख़त आया
न कोई ख़बर आई
क्या तूने भुला डाला
अपने इस दीवाने को
मुझे पीने का शौक़ नहीं...

खोई वो किताब-ए-दिल
जिस दिल का है ये क़िस्सा
इक हिस्सा है पास मेरे
तेरे पास है इक हिस्सा
मैं पूरा करूँ कैसे
इस दिल के फ़साने को
मुझे पीने का शौक़ नहीं...

मिल जाते अगर अब हम
आग लग जाती पानी में
बचपन-सी वही दोस्ती
हो जाती जवानी में
चाहत में बदल देते
हम इस दोस्ताने को
मुझे पीने का शौक़ नहीं...

अर्पण

1983

मोहब्बत अब तिजारत बन गई है
तिजारत अब मोहब्बत बन गई है
मोहब्बत अब तिजारत बन गई है...

किसी से खेलना फिर छोड़ देना
खिलौनों की तरह दिल तोड़ देना
हसीनों की ये आदत बन गई है
मोहब्बत अब तिजारत बन गई है...

कभी था नाम इसका बेवफ़ाई
मगर अब आजकल ये बेहयाई
शरीफ़ों की शराफ़त बन गई है
मोहब्बत अब तिजारत बन गई है...

किसी मन्दिर की मूरत थी कभी ये
बड़ी ही ख़ूबसूरत थी कभी ये
मगर क्या इसकी सूरत बन गई है
मोहब्बत अब तिजारत बन गई है...

●●

परदेस जाके परदेसिया
भूल न जाना पिया

तन-मन किसी ने तुझे अर्पण किया
परदेस जाके परदेसिया...

इक तेरी ख़ुशी के कारण
लाख सहे दुख हमने ओ साजन
हँस के जुदाई का ज़हर पिया
परदेस जाके परदेसिया...

दिल में तेरा प्यार बसाया
दिल को जैसे रोग लगाया
सारी उमर का दर्द लिया
परदेस जाके परदेसिया...

अब जाओगे कब आओगे
जब आओगे तब आओगे
इतने दिन है कौन जिया
परदेस जाके परदेसिया...

हीरो

1983

बिछड़े अभी तो हम बस कल परसों
जिऊँगी मैं कैसे इस हाल में बरसों
मौत न आई तेरी याद क्यों आई
हाय लम्बी जुदाई
चार दिनों दा प्यार ओ रब्बा बड़ी लम्बी जुदाई
बड़ी लम्बी जुदाई
होटों पे आई मेरी जान दुहाई लम्बी जुदाई
बड़ी लम्बी जुदाई
लम्बी जुदाई...

इक तो सजन मेरे पास नहीं रे
दूजे मिलन दी कोई आस नहीं रे
उस पे ये सावन आया आग लगाई लम्बी जुदाई
लम्बी जुदाई...

टूटे ज़माने तेरे हाथ निगोड़े
जिनसे दिलों के तूने शीशे तोड़े
हिज्र की ऊँची दीवार बनाई लम्बी जुदाई
लम्बी जुदाई...

बाग़ उजड़ गए खिलने से पहले
पंछी बिछड़ गए मिलने से पहले
कोयल की कूक ने हूक उठाई लम्बी जुदाई
लम्बी जुदाई...

सनी

1984

जाने क्या बात है
नींद नहीं आती
बड़ी लम्बी रात है
जाने क्या बात है...

सारी-सारी रात मुझे किसने जगाया
जैसे कोई सपना जैसे कोई साया
कोई नहीं लगता है
कोई मेरे साथ है
जाने क्या बात है...

धक-धक अभी से जिया डोल रहा है
घुँघट अभी से मेरा खोल रहा है
दूर अभी तो पिया
की मुलाक़ात है
जाने क्या बात है...

जब-जब देखूँ मैं ये चाँद-सितारे
ऐसा लगता है मुझे लाज के मारे
जैसे कोई डोली
जैसे बारात है
जाने क्या बात है...

अमृत

1986

दुनिया में कितना ग़म है
मेरा ग़म कितना कम है
लोगों का ग़म देखा तो
मैं अपना ग़म भूल गया
दुनिया में कितना ग़म है...

कोई एक हज़ारों में
शायद ही खुश होता है
कोई किसी को रोता है
कोई किसी को रोता है
घर-घर में ये मातम है
मेरा ग़म कितना कम है
दुनिया में कितना ग़म है...

इसका है रंग रूप यही
इसको जीवन कहते हैं
कभी हँसी आ जाती है
कभी ये आँसू बहते हैं
दुख-सुख का ये संगम है
मेरा ग़म कितना कम है
दुनिया में कितना ग़म है...

सबके दिल में शोले हैं

सबकी आँख में पानी है
जिसको देखो उसके पास
इक दुख भरी कहानी है
दुखिया सारा आलम है
मेरा ग़म कितना कम है
दुनिया में कितना ग़म है...

चार दिनों की ख़ुशियाँ हैं
चार दिनों के मेले हैं
मैं अपनी क्या बात करूँ
सारे लोग अकेले हैं
कौन किसी का हमदम है
मेरा ग़म कितना कम है
दुनिया में कितना ग़म है...

अपनों की बेगानों की
प्रीत बदलती रहती है
इस बेरीत ज़माने की
रीत बदलती रहती है
ये दुनिया इक मौसम है
मेरा ग़म कितना कम है
दुनिया में कितना ग़म है...

नाम

1986

चिट्ठी आई है आई है चिट्ठी आई है
चिट्ठी आई है वतन से चिट्ठी आई है
बड़े दिनों के बाद हम बेवतनों को याद
वतन की मिट्टी आई है चिट्ठी आई है
चिट्ठी आई है...

ऊपर मेरा नाम लिखा है
अन्दर ये पैग़ाम लिखा है
ओ परदेस को जाने वाले
लौट के फिर ना आने वाले
सात समन्दर पार गया तू
हमको ज़िन्दा मार गया तू
ख़ून के रिश्ते तोड़ गया तू
आँख में आँसू छोड़ गया तू,
कम खाते हैं कम सोते हैं
बहुत ज़ियादा हम रोते हैं
चिट्ठी आई है...

सूनी हो गईं शहर की गलियाँ
काँटे बन गईं बाग़ की कलियाँ
कहते हैं सावन के झूले
भूल गया तू हम नहीं भूले
तेरे बिन जब आई दीवाली

दीप नहीं दिल जले है ख़ाली
तेरे बिन जब आई होली
पिचकारी से छूटी गोली
पीपल सूना पनघट सूना
घर शमशान का बना नमूना
फ़सल कटी आई बैसाखी
तेरा आना रह गया बाक़ी
चिट्ठी आई है...

पहले जब तू ख़त लिखता था
काग़ज़ में चेहरा दिखता था
बन्द हुआ ये मेल भी अब तो
ख़त्म हुआ ये खेल भी अब तो
डोली में जब बैठी बहना
रस्ता देख रहे थे नयना
मैं तो बाप हूँ मेरा क्या है
तेरी माँ का हाल बुरा है
तेरी बीवी करती है सेवा
सूरत से लगती है बेवा
तूने पैसा बहुत कमाया
इस पैसे ने देस छुड़ाया
देस पराया छोड़ के आजा
पंछी पिंजरा तोड़ के आजा
आजा उमर बहुत है छोटी
अपने घर में भी है रोटी
चिट्ठी आई है आई है चिट्ठी आई है
चिट्ठी आई है...

●●

ये आँसू ये जज़्बात तुम बेचते हो
ग़रीबों के हालात तुम बेचते हो

अमीरों की शाम ग़रीबों के नाम
इसी बात पर सबको मेरा सलाम
अमीरों की शाम ग़रीबों के नाम...

ये क्या है तमाशा ये क्या है सितम
मज़ा आ गया बस ख़ुदा की क़सम
ख़ुशी की दुकानों पे बिकता है ग़म
फ़िदा ऐसे ग़म पे हैं ख़ुशियाँ तमाम
अमीरों की शाम ग़रीबों के नाम...

ये फ़नकार की इक हँसी याद है
किसी भूखे-नंगे की फ़रियाद है
ये तस्वीर तो क़ाबिल-ए-दाद है
इसे दीजिए आप पहला ईनाम
अमीरों की शाम ग़रीबों के नाम...

ये मासूम बच्चा ये मजबूर माँ
न चूल्हा न बर्तन न घर न धुआँ
ग़रीबों की मुँह बोलती दास्ताँ
अमीरी का मुँह बोलता इन्तक़ाम
अमीरों की शाम ग़रीबों के नाम...

सिन्दूर

1987

पतझड़ सावन बसन्त बहार
एक बरस के मौसम चार
पाँचवाँ मौसम प्यार का इन्तज़ार का
पतझड़ सावन बसन्त बहार...

कोयल कूके बुलबुल गाए
हर इक मौसम आए-जाए
लेकिन प्यार का मौसम आए
सारे जीवन में एक बार
पतझड़ सावन बसन्त बहार...

फूल खिले ना बादल बरसे
प्यार के मौसम में दिल तरसे
मेरे गले में अपनी नज़र से
डाल दो तुम बाँहों के हार
पतझड़ सावन बसन्त बहार...

रंगों का मेला ये जग सारा
रंग बदलती जीवन-धारा
प्यार का रंग है सबसे प्यारा
रंग-बिरंगे रंग हज़ार
पतझड़ सावन बसन्त बहार...

चाहे ख़ुशी है चाहे ग़म है
ये आँसू है या शबनम है
प्यार है कुछ भी इक मौसम है
और मौसम का क्या एतबार
पतझड़ सावन बसन्त बहार...

चाँदनी

1989

लगी आज सावन की फिर वो झड़ी है
वही आग सीने में फिर जल पड़ी है
लगी आज सावन की...

कुछ ऐसे ही दिन थे वो जब हम मिले थे
चमन में नहीं फूल दिल में खिले थे
वो ही तो है मौसम मगर रुत नहीं वो
मेरे साथ बरसात भी रो पड़ी है
लगी आज सावन की...

कोई काश दिल पे ज़रा हाथ रख दे
मेरे दिल के टुकड़ों को इक साथ रख दे
मगर ये हैं ख़्वाब-ओ-ख़्यालों की बातें
कभी टूट कर चीज़ कोई जुड़ी है
लगी आज सावन की...

हम

1990

जुम्मा जुम्मा जुम्मा जुम्मा
अरे ओ जुम्मा
मेरी जानेमन
बाहर निकल
आज जुम्मा है
आज का वादा है
देख मैं आ गया
तू भी जल्दी आ
मुझे मत और तड़पा
अरे तू बोली थी
पिछले जुम्मे को
चुम्मा दूँगी
अगले जुम्मे को
आज जुम्मा है
तो आजा आजा आजा आजा
जुम्मा चुम्मा दे दे
जुम्मा चुम्मा दे दे चुम्मा
जुम्मे के दिन किया जुम्मे का वादा
जुम्मे को तोड़ दिया जुम्मे का वादा
ले आ गया रे फिर जुम्मा जुम्मा
चुम्मा दे दे
जुम्मा चुम्मा दे
दे चुम्मा

जुम्मा चुम्मा ना दे चुम्मा
जुम्मा चुम्मा ना दे चुम्मा
जुम्मे के दिन किया जुम्मे का वादा
जुम्मे को तोड़ दिया जुम्मे का वादा
कर तू जा जुम्मे जमा
जुम्मा चुम्मा ना दे
जुम्मा चुम्मा ना दे चुम्मा...
जुम्मा चुम्मा दे दे...

चुम्मे के बदले में
क्या दोगे बोलो तो
देना क्या लेना क्या
चुम्मा दो चुम्मा लो
मैं कुछ न दूँगा इससे ज़्यादा
जुम्मा चुम्मा दे दे
जुम्मा चुम्मा दे दे चुम्मा
जुम्मा चुम्मा ना दे
जुम्मा चुम्मा ना दे चुम्मा
जुम्मा चुम्मा दे दे...

मैं तेरा जी भर दूँ
सोचा था हाँ कर दूँ
फिर काहे ना कर दी
मैं सदक़े जाँ कर दूँ
मैंने बदल दिया इरादा
जुम्मा चुम्मा ना दे
जुम्मा चुम्मा ना दे चुम्मा
जुम्मा चुम्मा दे दे...

सौदागर

1991

इलू इलू इलू इलू इलू इलू इलू इलू
ये इलू इलू क्या है ये इलू इलू
जब बाग़ में कोई फूल खिला तो भँवरे ने कहा
इलू इलू इलू इलू
पर्वत पे छाई काली घटा तो बोली हवा
इलू इलू इलू इलू
जब कोई अच्छा लगता है
बड़ा प्यारा-प्यारा लगता है
तो दिल करता है इलू इलू इलू इलू
ये इलू इलू क्या है
ये इलू इलू
इलू का मतलब आय एल यू
आय लव यू आय लव यू
इलू इलू इलू इलू...

इलू इलू इलू इलू
ये इलू इलू क्या है
ये इलू इलू
जब मीठे बोल कोई बोले
मिश्री की मीठी डलियों से
जब मस्त बहारों का मौसम
गुज़रे गाँव की गलियों से
जब मिट्टी से आए ख़ुशबू
तो दिल करता है इलू इलू इलू इलू
इलू इलू इलू इलू...

इलू इलू इलू इलू
सावन के महीने में शायद
सारे पागल हो जाते हैं
जब मोर पपीहा कोयल
सब बाग़ों में शोर मचाते हैं
आवाज़ ये आती है हरसू
तो दिल करता है इलू इलू
इलू इलू इलू इलू
इलू का मतलब आय लव यू
इलू इलू इलू इलू इलू...

इलू इलू इलू इलू
ये इलू इलू क्या है
ये इलू इलू
कहते हैं लोग मोहब्बत में
ये दिल दिल से जुड़ जाता है
ये तो ऐसा पंछी है जो
पिंजड़ा लेकर उड़ जाता है
जब प्यार का चलता है जादू
तो दिल करता है इलू इलू
इलू का मतलब आय एल यू
आय लव यू आय लव यू
इलू इलू इलू इलू

यारो इस झूटी दुनिया में
जब कोई सच्ची बात कहे
जब भोर भये पंछी जागे
और शिव मंदिर में शंख बजे
जब मस्जिद में हो अल्ला हू
तो दिल करता है इलू इलू
आय लव यू आय लव यू
इलू इलू इलू इलू...

खलनायक

1993

चोली के पीछे क्या है चोली के पीछे
चुनरी के नीचे क्या है चुनरी के नीचे
चोली में दिल है मेरा
चुनरी में दिल है मेरा
ये दिल मैं दूँगी मेरे यार को
यार को प्यार को
आह
चोली के पीछे...

लाखों दीवाने तेरे लाखों दीवाने
आसिक पुराने तेरे आसिक पुराने
आशिक़ मिला ना ऐसा
मेरी पसन्द जैसा
बेदिल शहर ये कैसा
क्या करूँ क्या करूँ
हाय
चोली के पीछे...

रेशम का लहँगा मेरा रेशम का लहँगा
लहँगा है महँगा मेरा लहँगा है महँगा
लहँगा उठा के चलूँ
घूँघट गिरा के चलूँ
क्या-क्या बचा के चलूँ

राम जी राम जी
हाय
चोली के पीछे...

इसको बचा लो बाबू इसको बचा लो
दिल में छुपा लो बाबू दिल में छुपा लो
आशिक़ पड़े हैं पीछे
कोई उधर को खींचे
कोई इधर को खींचे
क्या करूँ क्या करूँ
हाय
चोली के पीछे...

शादी करा दो मेरी शादी करा दो
डोली सजा दो मेरी डोली सजा दो
सौतन बना ना जाए
जोगन बना ना जाए
जोबन सहा ना जाए
क्या करूँ क्या करूँ
हाय छोरी
चोली के पीछे...

लड़की हो कैसी बोलो लड़की हो कैसी
लड़का हो कैसा बोलो लड़का हो कैसा
लड़की हो मेरे जैसी
लड़का हो तेरे जैसा
आए मज़ा फिर कैसा
प्यार का प्यार का
वाह
चोली के पीछे...

झुमरी का झुमरू बन जा झुमरी का झुमरू
पायल का घुंघरू बन जा पायल का घुँघरू

मेरी सलामी कर ले
मेरी गुलामी कर ले
होगा तू होगा कोई
बादशाह बादशाह
अरे जा
चोली के पीछे...

बाली उमरिया मेरी बाली उमरिया
सूनी सेजरिया मेरी सूनी सेजरिया
मेरे सपनों के राजा
जल्दी से वापस आजा
सोती हूँ मैं दरवाज़ा
खोल के खोल के
आह
चोली के पीछे...

बेगम बग़ैर बादशाह किस काम का
बादशाह बग़ैर बेगम किस काम की
तेरी मर्ज़ी तू जाने
मेरी मर्ज़ी मैं जानूँ
मैंने जवानी तेरे
नाम की नाम की
ओ छोरी
चोली के पीछे...

●●

जो गिर गया इस जहाँ की नज़र से
देखो उसे कभी इक माँ की नज़र से
ओ माँ तुझे सलाम
अपने बच्चे तुझको प्यारे
रावण हो या राम

ओ माँ तुझे सलाम...

बच्चे तुझे सताते हैं
बरसों तुझे रुलाते हैं
दूध तो क्या अँसुअन की भी
क़ीमत नहीं चुकाते हैं
हँसकर माफ़ तू कर देती है
उनके दोष तमाम
ओ माँ तुझे सलाम...

ऐसा नटखट था घनश्याम
तंग था सारा गोकुलधाम
मगर यशोदा कहती थी
झूठे हैं ये लोक तमाम
मेरे लाल को करते हैं
सारे यूँ ही बदनाम
ओ माँ तुझे सलाम...

तेरा दिल तड़प उठा
जैसे तेरी जान गई
इतनी देर से रूठी थी
कितनी जल्दी मान गई
अपने लाडले के मुँह से
सुनते ही अपना नाम
ओ माँ तुझे सलाम...

सात समन्दर-सा तेरा
इक-इक आँसू होता है
कोई माँ जब रोती है
तो भगवान भी रोता है
प्यार ही प्यार है दर्द ही दर्द है
ममता जिसका नाम
ओ माँ तुझे सलाम...

डर

1993

जादू तेरी नज़र ख़ुशबू तेरा बदन
तू हाँ कर या ना कर तू है मेरी किरण
जादू तेरी नज़र...

मेरे ख़्वाबों की तस्वीर है तू
बेख़बर मेरी तक़दीर है तू
तू किसी और की हो न जाना
कुछ भी कर जाऊँगा मैं दीवाना
जादू तेरी नज़र...

फ़ासले और कम हो रहे हैं
दूर से पास हम हो रहे हैं
माँग लूँगा तुझे आस्माँ से
छीन लूँगा तुझे इस जहाँ से
जादू तेरी नज़र...

दिलवाले दुल्हनियाँ ले जाएँगे

1995

कोयल कूके हूक उठाए
यादों की बन्दूक़ चलाए
बाग़ों में झूलों के मौसम वापस आए रे
घर आजा परदेसी तेरा देस बुलाए रे
घर आजा परदेसी...

इस गाँव की अनपढ़ मिट्टी
पढ़ नहीं सकती तेरी चिट्ठी
ये मिट्टी तू आकर चूमे
तो इस धरती का दिल झूमे
माना तेरे हैं कुछ सपने
पर हम तो हैं तेरे अपने
भूलने वाले हमको तेरी याद सताए रे
घर आजा परदेसी तेरा देस बुलाए रे
घर आजा परदेसी...

पनघट पे आईं मुटियारें
छम-छम पायल की झनकारें
खेतों में लहरांई सरसों
कल-परसों में बीते बरसों
आज ही आजा गाता-हँसता
तेरा रस्ता देखे रस्ता
छुक-छुक गाड़ी की सीटी आवाज़ लगाए रे

घर आजा परदेसी तेरा देस बुलाए रे
घर आजा परदेसी...

हाथों में पूजा की थाली
आई रात सुहागों वाली
चाँद को देखूँ हाथ मैं जोड़ूँ
करवा चौथ का व्रत मैं तोड़ूँ
तेरे हाथ से पी कर पानी
दासी से बन जाऊँ रानी
आज की रात जो माँगे कोई वो पा जाए रे
घर आजा परदेसी तेरा देस बुलाए रे
घर आजा परेदसी...

ओ मनमितरा ओ मनमीता
रे तेनू रब दे हवाले कीता
दुनिया के दस्तूर हैं कैसे
पागल दिल मजबूर हैं कैसे
अब क्या सुनना अब क्या कहना
तेरे मेरे बीच ये रहना
ख़त्म हुई ये आँख-मिचौली
कल जाएगी मेरी डोली
मेरी डोली मेरी अर्थी न बन जाए रे
घर आजा परदेसी तेरा देस बुलाए रे
घर आजा परेदसी...

●●

तुझे देखा तो ये जाना सनम
प्यार होता है दीवाना सनम
अब यहाँ से कहाँ जाएँ हम
तेरी बाँहों में मर जाएँ हम

तुझे देखा तो...
आँखें मेरी सपने तेरे
दिल मेरा यादें तेरी
मेरा है क्या सब कुछ तेरा
जाँ तेरी साँसें तेरी
मेरी आँखों से आँसू तेरे आ गए
मुस्कराने लगे सारे ग़म
तुझे देखा तो...

ये दिल कहीं लगता नहीं
क्या कहूँ मैं क्या करूँ
तू सामने बैठी रहे
मैं तुझे देखा करूँ
तूने आवाज़ दी देख मैं आ गई
प्यार से है बड़ी क्या क़सम
तुझे देखा तो...

त्रिमूर्ति

1995

देखी सारी दुनिया देखे दुनिया वाले
लाखों और करोड़ों लोगे थोड़े से दिलवाले
दुनिया री दुनिया...वैरी गुड वैरी गुड
दुनिया वाले...वैरी बैड वैरी बैड
ऊपर वाला...वैरी गुड वैरी गुड
नीचे वाले...वैरी बैड वैरी बैड
गोरे गोरे मुखड़े
दिल काले काले...वैरी सैड
दुनिया री दुनिया...

बैड की गुड से गुड की बैड से होती है पहचान
गुड और बैड से चलता है ये सारा जहान
सोणी सोणी कुड़ियाँ...वैरी गुड वैरी गुड
मीठी-मीठी छुरियाँ...वैरी बैड वैरी बैड
दुनिया री दुनिया...

दुनिया के बाज़ार में बिकता है सारा सामान
कोई बेचे बाँसुरी कोई तीर कमान
कोयल की कूकें... वैरी गुड वैरी गुड
बम बन्दूकें... वैरी बैड वैरी बैड
दुनिया री दुनिया...

बचपन की ये कहानी भूली नहीं जवानी

कभी-कभी आ जाता है मेरी आँख में पानी
हम तीन भाई...वैरी गुड वैरी गुड
हम तीनों में जुदाई...वैरी बैड वैरी बैड
दुनिया री दुनिया...

परदेस

1997

गुप चुप चुप चुप चुप चुप कू
गुप चुप चुप चुप चुप चुप कू
दो दिल मिल रहे हैं
मगर चुपके-चुपके
सबको हो रही है
ख़बर चुपके-चुपके
दो दिल मिल रहे हैं...

साँसों में बड़ी बेक़रारी
आँखों में कई रतजगे
कभी कहीं लग जाए दिल तो
कहीं फिर दिल ना लगे
अपना दिल मैं ज़रा थाम लूँ
जादू का मैं इसे नाम दूँ
जादू कर रहा है
असर चुपके-चुपके
दो दिल मिल रहे हैं...

ऐसे भोले बनकर हैं बैठे
जैसे कोई बात नहीं
सबकुछ नज़र आ रहा है
दिन है ये रात नहीं
क्या है कुछ भी नहीं है मगर

होटों पे है ख़ामोशी मगर
बातें कर रही है
नज़र चुपके-चुपके
दो दिल मिल रहे हैं...

कहीं आग लगने से पहले
उठता है ऐसा धुँआ
जैसा है इधर का नज़ारा
वैसा ही उधर का समाँ
दिल में कैसी कसक-सी जगी
दोनों जानिब बराबर लगी
देखो तो इधर से
उधर चुपके-चुपके
दो दिल मिल रहे हैं...

ज़ख़्म

1998

तुम आए तो आया मुझे याद
गली में आज चाँद निकला
जाने कितने दिनों के बाद
गली में आज चाँद निकला...

ये नयना बिन काजल तरसे
बारह महीने बादल बरसे
सुनी रब ने मेरी फ़रियाद
गली में आज चाँद निकला...

आज की रात जो मैं सो जाती
खुलती आँख सुबह हो जाती
मैं तो हो जाती बस बरबाद
गली में आज चाँद निकला...

मैंने तुमको आते देखा
अपनी जान को जाते देखा
जाने फिर क्या हुआ नहीं याद
गली में आज चाँद निकला...

आज का दिन उम्मीद का दिन है
आज तो मेरी ईद का दिन है
अय मेरे दिल मुबारकबाद
गली में आज चाँद निकला...

दिल क्या करे

1999

प्यार के लिए चार पल कम नहीं थे
कभी तुम नहीं थे कभी हम नहीं थे
प्यार के हसीं कब ये मौसम नहीं थे
कभी तुम नहीं थे कभी हम नहीं थे
प्यार के लिए...

ये दिन बरसों के बाद आया
कुछ तुम्हें कुछ हमें याद आया
कसक फिर ये दिल में उठी है
होटों पे बात आके रुकी है
कभी इतने मजबूर तो हम नहीं थे
प्यार के लिए...

अगर तुम ये दिल माँग लेते
जानेमन हम तुम्हें जान देते
तुम्हें कैसे हम भूल जाते
मर के भी तुम हमें याद आते
तुम्हें है पता बेवफ़ा हम नहीं थे
प्यार के लिए...

कच्चे धागे

1999

इश्क़ है पानी का इक क़तरा
क़तरे में तूफ़ान
एक हाथ में अपना दिल रख ले
एक हाथ में रख ले जान
ख़ाली दिल नहीं ये जान वी ये मँगदा
इश्क़ दी गली बीचों कोई कोई लंगदा
ख़ाली दिल नहीं...

जोगियों के पीछे जैसे जोग लग जाता है
प्रेमियों को प्रेम वाला रोग लग जाता है
लाख बचाएँ दामन लोग लग जाता है
दिल पे आशिक़ों के निशाने इस रंगदा
ख़ाली दिल नहीं...

दुश्मन है दिल का ऐसा मन का ये मीत है
जग से निराली इस खेल की रीत है
जीत में हार है हार में जीत है
इश्क़ इश्क़ है मैदान नहीं जंगदा
ख़ाली दिल नहीं...

नाम है दीवाना दूजा नाम नहीं कोई
प्यार के जैसा बदनाम नहीं कोई
इश्क़ से बड़ा इल्ज़ाम नहीं कोई
इश्क़ आशिक़ानु सूली उथ्थे टँगदा
ख़ाली दिल नहीं...

ताल

1999

इश्क़ बिना क्या मरना यारा
इश्क़ बिन क्या जीना
गुड़ से मीठा–इश्क़ इश्क़
ईमली से खट्टा–इश्क़ इश्क़
वादा ये पक्का–इश्क़ इश्क़
धागा ये कच्चा–इश्क़ इश्क़
इश्क़ बिना क्या मरना...

नीचे इश्क़ है ऊपर रब है
इन दोनों के बीच में सब है
एक नहीं सौ बातें कर लो
सौ बातों का एक मतलब है
रब सब से सोना–इश्क़ इश्क़
रब से भी सोना–इश्क़ इश्क़
हीना ना पन्ना–इश्क़ इश्क़
बस एक तमन्ना–इश्क़ इश्क़
इश्क़ बिना...

इश्क़ है क्या ये किसको पता
ये इश्क़ है क्या सबको पता
ये प्रेम नगर
अनजान डगर
साजन का घर

कहाँ किराको ख़बर
ये लम्बा सफ़र
ये इश्क़ है क्या
ये किसको पता
ये दर्द है या
दर्दों की दवा
ये कोई सनम
या आप ख़ुदा
तुमने इश्क़ का नाम सुना है
हमने इश्क़ किया है
फूलों का गुलशन–इश्क़ इश्क़
काँटों का दामन–इश्क़ इश्क़
इश्क़ बिना क्या मरना...

●●

दिल ये बेचैन वे
रस्ते पे नैन वे
जिन्दड़ी बेहाल है
सुर है न ताल है
आ जा सँवरिया
आ आ आ आ
ताल से ताल मिला...

सावन ने आज तो मुझको भिगो दिया
हाय मेरी लाज ने मुझको डुबो दिया
ऐसी लगी झड़ी सोचूँ मैं ये खड़ी
कुछ मैंने खो दिया क्या मैंने खो दिया
चुप क्यूँ है बोल तू संग मेरे डोल तू
मेरी चाल से चाल मिला
ताल से ताल मिला...

माना अनजान है तू मेरे वास्ते
माना अनजान हूँ मैं तेरे वास्ते
मैं तुझको जान लूँ तू मुझको जान ले
आ दिल के पास आ इस दिल के रास्ते
जो तेरा हाल है वो मेरा हाल है
इस हाल से हाल मिला
ताल से ताल मिला...

ग़दर : एक प्रेमकथा

2001

मैं निकला ओ गड्डी लेकर
ओ रस्ते पर
ओ सड़क में इक मोड़ आया
मैं उथ्थे दिल छोड़ आया
रब जाने कब गुज़रा अमृतसर
ओ कब जाने लाहौर आया
मैं उथ्थे दिल छोड़ आया
मैं निकला गड्डी लेकर...

उस मोड़ में वो मुटीयार मिली
जट यमला पागल हो गया
उसकी ज़ुल्फ़ों की छाँवों में
मैं बिस्तर डाल के सो गया
जब जागा
मैं भागा
सब फाटक
सब सिगनल मैं तोड़ आया
मैं उथ्थे दिल छोड़ आया
मैं निकला गड्डी लेकर...

बस एक नज़र उसको देखा
दिल में उसकी तस्वीर लगी
क्या नाम था उसका रब जाने

मुझको रांझे की हीर लगी
ओ मैंने देखा
इक सपना
संग उसके
नाम अपना मैं जोड़ आया
मैं उथ्थे दिल छोड़ आया
मैं निकला गड्डी लेकर...

शरमा के वो यूँ सिमट गई
जैसे वो नींद से जाग गई
मैंने कहा गल सुन ओ कुड़िए
वो डर के पीछे भाग गई
वो समझी
घर उसके
चोरी से
चुपके से कोई चोर आया
मैं उथ्थे दिल छोड़ आया
मैं निकला गड्डी लेकर...

मजनूँ

(आनेवाली फ़िल्म)

मैं कोई बर्फ़ नहीं हूँ जो पिघल जाऊँगा
मैं कोई हर्फ़ नहीं हूँ जो बदल जाऊँगा
मैं सहारों पे नहीं ख़ुद पे यक़ीं रखता हूँ
गिर पड़ूँगा तो हुआ क्या मैं सम्हल जाऊँगा
चाँद सूरज की तरह वक़्त पे निकला हूँ मैं
चाँद सूरज की तरह वक़्त पे ढल जाऊँगा
काफ़िलेवाले मुझे छोड़ गए हैं पीछे
काफ़िलेवालों से आगे मैं निकल जाऊँगा!
मैं अँधेरों को मिटा दूँगा चिरागों की तरह
आग सीने में लगा दूँगा मैं जल जाऊँगा
हुस्नवालों से गुज़ारिश है कि परदा कर लें
मैं दीवाना हूँ मैं आशिक़ हूँ मचल जाऊँगा
रोक सकती है मुझे रोक ले दुनिया बख़्शी
मैं तो जादू हूँ मैं जादू हूँ चल जाऊँगा

आनन्द बख़्शी समग्र

क्रम.	वर्ष	फ़िल्म	संगीतकार
1.	1957	शेर-ए-बग़दाद	जिम्मी
2.	1957	सिल्वर किंग	सुदीप्त
3.	1958	भला आदमी	निसार
4.	1958	हम भी कुछ कम नहीं	शिव दयाल बातिश
5.	1958	मिस तूफ़ान मेल	रॉबिन चटर्जी
6.	1958	पहला-पहला प्यार	बलदेव नाथ बाली
7.	1958	सुन तो ले हसीना	सरदार मोहिन्दर
8.	1959	सी आई डी गर्ल	रोशन
9.	1959	एक अरमान मेरा	शिव दयाल बातिश
10.	1959	ख़ूबसूरत धोका	सरदार मोहिन्दर
11.	1959	लेडी रॉबिनहुड	सार्दुल क्वात्रा
12.	1959	लाल निशान	शिव दयाल बातिश
13.	1959	मैंने जीना सीख लिया	रोशन
14.	1959	टिन टिन टिन	बुलो चन्द्र रानी
15.	1960	एयर मेल	सार्दुल क्वात्रा
16.	1960	महलों के ख़्वाब	सरदार मोहिन्दर
17.	1960	रिटर्न ऑफ मि. सुपरमैन	अनिल विश्वास
18.	1960	नखरेवाली	शिवदयाल बातिश
19.	1960	ज़मीन के तारे	सरदार मोहिन्दर
20.	1960	जासूस	अनिल विश्वास
21.	1961	लकी नम्बर	अनिल विश्वास
22.	1961	रज़िया सुल्ताना	लक्षीराम
23.	1961	सलाम मेमसाब	रवि
24.	1961	वारंट	रोशन

25.	1962	बाँके साँवरिया	सरदार मोहिन्दर
26.	1962	काला समुन्दर	नायक दत्ता
27.	1962	मेंहदी लगे मेरे हाथ	कल्याणजी आनन्दजी
28.	1962	रिर्पोटर राजू	सरदार मोहिन्दर
29.	1962	वल्लाह क्या बात है	रोशन
30.	1963	कमर्शियल पायलट ऑफ़िसर	रोशन
31.	1963	हॉली डे इन बॉम्बे	नायक दत्ता
32.	1963	जबसे तुम्हें देखा है	दत्ता राम
33.	1963	कहीं प्यार ना हो जाए	कल्याणजी आनन्दजी
34.	1963	फूल बने अंगारे	कल्याणजी आनन्दजी
35.	1963	राजा	श्री नाथ त्रिपाठी
36.	1963	सुनहरी नागिन	कल्याणजी आनन्दजी
37.	1963	ज़रक ख़ान	सरदार मोहिन्दर
38.	1964	आवारा बादल	उषा खन्ना
39.	1964	बादशाह	नायक दत्ता
40	1964	दुल्हा दुल्हन	कल्याणजी आनन्दजी
41.	1964	हरकुर्लस	नायक दत्ता
42	1964	मजबूर	कल्याणजी आनन्दजी
43.	1964	मि. एक्स इन बॉम्बे	लक्ष्मीकान्त प्यारेलाल
44.	1964	यादें	वसन्त देसाई
45.	1965	आधी रात के बाद	चित्रगुप्त
46.	1965	बेदाग़	रोशन
47.	1965	बॉक्सर	लक्ष्मीकान्त प्यारेलाल
48.	1965	हिमालय की गोद में	कल्याणजी आनन्दजी
49.	1965	हम दीवाने	चितलकर रामचन्द्र
50.	1965	जब-जब फूल खिले	कल्याणजी आनन्दजी
51.	1965	ख़ाकान	नायक दत्ता
52.	1965	लूटेरा	लक्ष्मीकान्त प्यारेलाल
53.	1965	नमस्ते जी	गुरुशरण कोहली
54.	1965	श्रीमान फ़ंटूश	लक्ष्मीकान्त प्यारेलाल
55.	1965	टारज़न कम्स टू डेल्ही	दत्ता राम
56.	1965	तीसरा कौन	राहुल देव बर्मन

57. 1966 आसरा लक्ष्मीकान्त प्यारेलाल
58. 1966 आए दिन बहार के लक्ष्मीकान्त प्यारेलाल
59. 1966 छोटा भाई लक्ष्मीकान्त प्यारेलाल
60. 1966 डाकू मंगल सिंह लक्ष्मीकान्त प्यारेलाल
61. 1966 देवर रोशन
62. 1966 जवाँ मर्द नायक दत्ता
63. 1966 लाबेला चितलकर रामचन्द्र
64. 1966 पति-पत्नी राहुल देव बर्मन
65. 1966 प्रीत न जाने रीत कल्याणजी आनन्दजी
66. 1966 प्रोफ़ेसर एक्स सरदार मोहिन्दर
67. 1966 सौ साल बाद लक्ष्मीकान्त प्यारेलाल
68. 1966 सुनहरे क़दम सरदार मोहिन्दर
69. 1967 आमन-सामने कल्याणजी आनन्दजी
70. 1967 अनीता लक्ष्मीकान्त प्यारेलाल
71. 1967 चन्दन का पालना राहुल देव बर्मन
72. 1967 फर्ज़ लक्ष्मीकान्त प्यारेलाल
73. 1967 जाल लक्ष्मीकान्त प्यारेलाल
74. 1967 मिलन लक्ष्मीकान्त प्यारेलाल
75. 1967 मिलन की रात लक्ष्मीकान्त प्यारेलाल
76. 1967 नाइट इन लन्दन लक्ष्मीकान्त प्यारेलाल
77. 1967 तक़दीर लक्ष्मीकान्त प्यारेलाल
78. 1968 हाय मेरा दिल उषा खन्ना
79. 1968 जुआरी कल्याणजी आनन्दजी
80. 1968 राजा और रंक लक्ष्मीकान्त प्यारेलाल
81. 1968 स्पाई इन रोम लक्ष्मीकान्त प्यारेलाल
82. 1968 तीन बहुरानियाँ कल्याणजी आनन्दजी
83. 1969 अंजाना लक्ष्मीकान्त प्यारेलाल
84. 1969 आराधना सचिन देव बर्मन
85. 1969 आया सावन झूम के लक्ष्मीकान्त प्यारेलाल
86. 1969 दो भाई लक्ष्मीकान्त प्यारेलाल
87. 1969 दो रास्ते लक्ष्मीकान्त प्यारेलाल
88. 1969 हम एक हैं उषा खन्ना

89.	1969	जीने की राह	लक्ष्मीकान्त प्यारेलाल
90.	1969	जिगरी दोस्त	लक्ष्मीकान्त प्यारेलाल
91.	1969	ज्योति	सचिन देव बर्मन
92.	1969	माधवी	लक्ष्मीकान्त प्यारेलाल
93.	1969	महल	कल्याणजी आनन्दजी
94.	1969	मेरे दोस्त	लक्ष्मीकान्त प्यारेलाल
95.	1969	राजा साब	कल्याणजी आनन्दजी
96.	1969	साजन	लक्ष्मीकान्त प्यारेलाल
97.	1969	शर्त	लक्ष्मीकान्त प्यारेलाल
98.	1969	तमन्ना	कल्याणजी आनन्दजी
99.	1970	आन मिलो सजना	लक्ष्मीकान्त प्यारेलाल
100.	1970	बचपन	लक्ष्मीकान्त प्यारेलाल
101.	1970	दर्पण	लक्ष्मीकान्त प्यारेलाल
102.	1970	देवी	लक्ष्मीकान्त प्यारेलाल
103.	1970	गीत	कल्याणजी आन्नदजी
104.	1970	हिम्मत	लक्ष्मीकान्त प्यारेलाल
105.	1970	हमजोली	लक्ष्मीकान्त प्यारेलाल
106.	1970	इश्क़ पर ज़ोर नहीं	सचिन देव बर्मन
107.	1970	जीवन मृत्यु	लक्ष्मीकान्त प्यारेलाल
108.	1970	कटी पतंग	राहुल देव बर्मन
109.	1970	खिलौना	लक्ष्मीकान्त प्यारेलाल
110.	1970	माँ और ममता	लक्ष्मीकान्त प्यारेलाल
111.	1970	मस्ताना	लक्ष्मीकान्त प्यारेलाल
112.	1970	मेरे हमसफ़र	कल्याणजी आनन्दजी
113.	1970	माय लव	दान सिंह
114.	1970	पुष्पांजली	लक्ष्मीकान्त प्यारेलाल
115.	1970	शराफ़त	लक्ष्मीकान्त प्यारेलाल
116.	1970	सुहाना सफ़र	लक्ष्मीकान्त प्यारेलाल
117.	1970	द ट्रेन	राहुल देव बर्मन
118.	1971	आप आए बहार आई	लक्ष्मीकान्त प्यारेलाल
119.	1971	अमर प्रेम	राहुल देव बर्मन
120.	1971	बनफूल	लक्ष्मीकान्त प्यारेलाल

121.	1971	चाहत	लक्ष्मीकान्त प्यारेलाल
122.	1971	दुश्मन	लक्ष्मीकान्त प्यारेलाल
123.	1971	हाथी मेरी साथी	लक्ष्मीकान्त प्यारेलाल
124.	1971	हरे राम हरे कृष्ण	राहुल देव बर्मन
125.	1971	हसीनों का देवता	लक्ष्मीकान्त प्यारेलाल
126.	1971	लाखों में एक	राहुल देव बर्मन
127.	1971	लगन	लक्ष्मीकान्त प्यारेलाल
128.	1971	मैं सुन्दर हूँ	शंकर जयकिशन
129.	1971	मर्यादा	कल्याणजी आनन्दजी
130.	1971	महबूब की मेहँदी	लक्ष्मीकान्त प्यारेलाल
131.	1971	मेरा गाँव मेरा देश	लक्ष्मीकान्त प्यारेलाल
132.	1971	नया ज़माना	सचिन देव बर्मन
133.	1971	पराया धन	राहुल देव बर्मन
134.	1971	प्यार की कहानी	राहुल देव बर्मन
135.	1971	उपहार	लक्ष्मीकान्त प्यारेलाल
136.	1971	वो दिन याद करो	लक्ष्मीकान्त प्यारेलाल
137.	1972	अनोखी पहचान	कल्याणजी आन्नदजी
138.	1972	अनुराग	सचिन देव बर्मन
139.	1972	अपना देश	राहुल देव बर्मन
140.	1972	बुनियाद	लक्ष्मीकान्त प्यारेलाल
141.	1972	एक बेचारा	लक्ष्मीकान्त प्यारेलाल
142.	1972	गोरा और काला	लक्ष्मीकान्त प्यारेलाल
143.	1972	हार जीत	लक्ष्मीकान्त प्यारेलाल
144.	1972	जवानी दीवानी	राहुल देव बर्मन
145.	1972	जीत	लक्ष्मीकान्त प्यारेलाल
146.	1972	जोरू का गुलाम	कल्याणजी आनन्दजी
147.	1972	मोम की गुड़िया	लक्ष्मीकान्त प्यारेलाल
148.	1972	पिया का घर	लक्ष्मीकान्त प्यारेलाल
149.	1972	राजा जानी	लक्ष्मीकान्त प्यारेलाल
150.	1972	रास्ते का पत्थर	लक्ष्मीकान्त प्यारेलाल
151.	1972	रूप तेरा मस्ताना	लक्ष्मीकान्त प्यारेलाल
152.	1972	संजोग	राहुल देव बर्मन

153.	1972	सीता और गीता	राहुल देव बर्मन
154.	1972	शादी के बाद	लक्ष्मीकान्त प्यारेलाल
155.	1972	सुब्ह-ओ-शाम	लक्ष्मीकान्त प्यारेलाल
156.	1972	ये गुलिस्ताँ हमारा	सचिन देव बर्मन
157.	1972	ज़मीन आसमान	किशोर कुमार
158.	1972	ज़िन्दगी ज़िन्दगी	सचिन देव बर्मन
159.	1973	बॉवी	लक्ष्मीकान्त प्यारेलाल
160.	1973	गाय और गोरी	लक्ष्मीकान्त प्यारेलाल
161.	1973	ग़द्दार	लक्ष्मीकान्त प्यारेलाल
162.	1973	हीरा पन्ना	लक्ष्मीकान्त प्यारेलाल
163.	1973	इंसाफ़	लक्ष्मीकान्त प्यारेलाल
164.	1973	जैसे को तैसा	राहुल देव बर्मन
165.	1973	झील के उस पार	राहुल देव बर्मन
166.	1973	जुगनू	सचिन देव बर्मन
167.	1973	कच्चे धागे	लक्ष्मीकान्त प्यारेलाल
168.	1973	क़ीमत	लक्ष्मीकान्त प्यारेलाल
169.	1973	लोफ़र	लक्ष्मीकान्त प्यारेलाल
170.	1973	मिस्टर रोमियो	राहुल देव बर्मन
171.	1973	मनचली	लक्ष्मीकान्त प्यारेलाल
172.	1973	नया नशा	सपन चक्रवर्ती
173.	1973	राजा रानी	राहुल देव बर्मन
174.	1973	नमक हराम	राहुल देव बर्मन
175.	1973	रिक्शावाला	राहुल देव बर्मन
176.	1973	सूरज और चन्दा	लक्ष्मीकान्त प्यारेलाल
177.	1973	स्वीकार	राहुल देव बर्मन
178.	1973	शरीफ़ बदमाश	राहुल देव बर्मन
179.	1974	आपकी क़सम	राहुल देव बर्मन
180.	1974	अजनबी	राहुल देव बर्मन
181.	1974	अमीर ग़रीब	लक्ष्मीकान्त प्यारेलाल
182.	1974	बदला	लक्ष्मीकान्त प्यारेलाल
183.	1974	बिदाई	लक्ष्मीकान्त प्यारेलाल
184.	1974	चरित्रहीन	राहुल देव बर्मन

185.	1974	दिल दिवाना	राहुल देव बर्मन
186.	1974	दोस्त	लक्ष्मीकान्त प्यारेलाल
187.	1974	दुल्हन	लक्ष्मीकान्त प्यारेलाल
188.	1974	दुनिया का मेला	लक्ष्मीकान्त प्यारेलाल
189.	1974	हमशक्ल	राहुल देव बर्मन
190.	1974	ईमान	राहुल देव बर्मन
191.	1974	इश्क़ इश्क़ इश्क़	राहुल देव बर्मन
192.	1974	कसौटी	कल्याणजी आनन्दजी
193.	1974	मजबूर	लक्ष्मीकान्त प्यारेलाल
194.	1974	मनोरंजन	राहुल देव बर्मन
195.	1974	पगली	लक्ष्मीकान्त प्यारेलाल
196.	1974	पॉकेटमार	लक्ष्मीकान्त प्यारेलाल
197.	1974	प्रेम नगर	सचिन देव बर्मन
198.	1974	प्रेम शास्त्र	लक्ष्मीकान्त प्यारेलाल
199.	1974	रोटी	लक्ष्मीकान्त प्यारेलाल
200.	1974	वादा तेरा वादा	लक्ष्मीकान्त प्यारेलाल
201.	1975	आग और तूफ़ान	नायक दत्ता
202.	1975	आक्रमण	लक्ष्मीकान्त प्यारेलाल
203.	1975	अंगारे	चित्रगुप्त
204.	1975	भूला भटका	कल्याणजी आनन्दजी
205.	1975	चैताली	लक्ष्मीकान्त प्यारेलाल
206.	1975	चुपके-चुपके	सचिन देव बर्मन
207.	1975	जूली	राजेश रोशन
208.	1975	लफ़ंगे	लक्ष्मीकान्त प्यारेलाल
209.	1975	नाटक	लक्ष्मीकान्त प्यारेलाल
210.	1975	प्रतिज्ञा	लक्ष्मीकान्त प्यारेलाल
211.	1975	प्रेम कहानी	लक्ष्मीकान्त प्यारेलाल
212.	1975	राजा	राहुल देव बर्मन
213.	1975	शोले	राहुल देव बर्मन
214.	1975	सुनहरा संसार	नौशाद
215.	1975	वारंट	राहुल देव बर्मन
216.	1976	आप-बीती	लक्ष्मीकान्त प्यारेलाल

217.	1976	बालिका वधू	राहुल देव बर्मन
218.	1976	बारूद	सचिन देव बर्मन
219.	1976	बैराग	कल्याणजी आनन्द जी
220.	1976	भँवर	राहुल देव बर्मन
221.	1976	बुलेट	राहुल देव बर्मन
222.	1976	चरस	लक्ष्मीकान्त प्यारेलाल
223.	1976	दीवानगी	सचिन देव बर्मन/रवीन्द्र जैन
224.	1976	ढोंगी	राहुल देव बर्मन
225.	1976	दो लड़कियाँ	लक्ष्मीकान्त प्यारेलाल
226.	1976	जानेमन	लक्ष्मीकान्त प्यारेलाल
227.	1976	जीवन ज्योति	सलिल चौधरी
228.	1976	कोई जीता कोई हारा	लक्ष्मीकान्त प्यारेलाल
229.	1976	माँ	लक्ष्मीकान्त प्यारेलाल
230.	1976	महाचोर	राहुल देव बर्मन
231.	1976	महबूबा	राहुल देव बर्मन
232.	1976	नहले पे दहला	राहुल देव बर्मन
233.	1976	त्याग	सचिन देव बर्मन
234.	1977	आधा दिन आधी रात	लक्ष्मीकान्त प्यारेलाल
235.	1977	आशिक़ हूँ बहारों का	लक्ष्मीकान्त प्यारेलाल
236.	1977	अमर अकबर अन्थोनी	लक्ष्मीकान्त प्यारेलाल
237.	1977	अनुरोध	लक्ष्मीकान्त प्यारेलाल
238.	1977	अपनापन	लक्ष्मीकान्त प्यारेलाल
239.	1977	चाचा भतीजा	लक्ष्मीकान्त प्यारेलाल
240.	1977	चलता पुरज़ा	राहुल देव बर्मन
241.	1977	चोर सिपाही	लक्ष्मीकान्त प्यारेलाल
242.	1977	धरम वीर	लक्ष्मीकान्त प्यारेलाल
243.	1977	डार्लिंग डार्लिंग	राहुल देव बर्मन
244.	1977	दिलदार	लक्ष्मीकान्त प्यारेलाल
245.	1977	ड्रीमगर्ल	लक्ष्मीकान्त प्यारेलाल
246.	1977	ईमान धरम	लक्ष्मीकान्त प्यारेलाल
247.	1977	कलाबाज़	कल्याणजी आनन्दजी
248.	1977	मुक्ति	राहुल देव बर्मन

249.	1977	थीफ़ ऑफ़ बग़दाद	लक्ष्मीकान्त प्यारेलाल
250.	1977	टिंकू	लक्ष्मीकान्त प्यारेलाल
251.	1977	यही है ज़िन्दगी	राजेश रोशन
252.	1978	आहुति	लक्ष्मीकान्त प्यारेलाल
253.	1978	अमर शक्ति	लक्ष्मीकान्त प्यारेलाल
254.	1978	आज़ाद	राहुल देव बर्मन
255.	1978	भोला-भाला	राहुल देव बर्मन
256.	1978	चक्रव्यूह	लक्ष्मीकान्त प्यारेलाल
257.	1978	डाकू और जवान	लक्ष्मीकान्त प्यारेलाल
258.	1978	दिल और दीवार	लक्ष्मीकान्त प्यारेलाल
259.	1978	मैं तुलसी तेरे आँगन की	लक्ष्मीकान्त प्यारेलाल
260.	1978	नया दौर	राहुल देव बर्मन
261.	1978	नौकरी	राहुल देव बर्मन
262.	1978	पति पत्नी और वो	रवीन्द्र जैन
263.	1978	फाँसी	लक्ष्मीकान्त प्यारेलाल
264.	1978	फ़न्देबाज़	राहुल देव बर्मन
265.	1978	प्रेम-बन्धन	लक्ष्मीकान्त प्यारेलाल
266.	1978	शालीमार	राहुल देव बर्मन
267.	1978	सत्यम् शिवम् सुन्दरम्	लक्ष्मीकान्त प्यारेलाल
268.	1978	स्वर्ग नर्क	राजेश रोशन
269.	1978	तुम्हारी क़सम	राजेश रोशन
270.	1979	अमर दीप	लक्ष्मीकान्त प्यारेलाल
271.	1979	दिल का हीरा	लक्ष्मीकान्त प्यारेलाल
272.	1979	गौतम-गोविन्दा	लक्ष्मीकान्त प्यारेलाल
273.	1979	धी ग्रेट गैम्बलर	राहुल देव बर्मन
274.	1979	जुरमाना	राहुल देव बर्मन
275.	1979	काली घटा	लक्ष्मीकान्त प्यारेलाल
276.	1979	लोक परलोक	लक्ष्मीकान्त प्यारेलाल
277.	1979	मग़रूर	लक्ष्मीकान्त प्यारेलाल
278.	1979	मिस्टर नटवरलाल	राजेश रोशन
279.	1979	प्रेम विवाह	लक्ष्मीकान्त प्यारेलाल
280.	1979	सरगम	लक्ष्मीकान्त प्यारेलाल

281.	1979	सुहाग	लक्ष्मीकान्त प्यारेलाल
282.	1979	युवराज	लक्ष्मीकान्त प्यारेलाल
283.	1979	ज़ालिम	लक्ष्मीकान्त प्यारेलाल
284.	1980	आपके दीवाने	राजेश रोशन
285.	1980	आशा	लक्ष्मीकान्त प्यारेलाल
286.	1980	आसपास	लक्ष्मीकान्त प्यारेलाल
287.	1980	अब्दुल्ला	राहुल देव बर्मन
288.	1980	अलीबाबा और चालीस चोर	राहुल देव बर्मन
289.	1980	बन्दिश	लक्ष्मीकान्त प्यारेलाल
290.	1980	चोरों की बारात	लक्ष्मीकान्त प्यारेलाल
291.	1980	दो प्रेमी	लक्ष्मीकान्त प्यारेलाल
292.	1980	दोस्ताना	लक्ष्मीकान्त प्यारेलाल
293.	1980	हम पाँच	लक्ष्मीकान्त प्यारेलाल
294.	1980	जुदाई	लक्ष्मीकान्त प्यारेलाल
295.	1980	ज्योति बने ज्वाला	लक्ष्मीकान्त प्यारेलाल
296.	1980	काला पानी	लक्ष्मीकान्त प्यारेलाल
297.	1980	कर्ज़	लक्ष्मीकान्त प्यारेलाल
298.	1980	माँग भरो सजना	लक्ष्मीकान्त प्यारेलाल
299.	1980	निशाना	लक्ष्मीकान्त प्यारेलाल
300.	1980	पतिता	बप्पी लाहिरी
301.	1980	क़ातिल कौन	राहुल देव बर्मन
302.	1980	राम-बलराम	लक्ष्मीकान्त प्यारेलाल
303.	1980	स्वीट हार्ट	कल्याणजी आनन्दजी
304.	1980	शान	राहुल देव बर्मन
305.	1980	टक्कर	राहुल देव बर्मन
306.	1980	कैप्टन कर्ण	कल्याणजी आनन्दजी
307.	1981	बरसात की एक रात	राहुल देव बर्मन
308.	1981	दासी	रवीन्द्र जैन/राजेश रोशन
309.	1981	इक दूजे के लिए	लक्ष्मीकान्त प्यारेलाल
310.	1981	एक ही भूल	लक्ष्मीकान्त प्यारेलाल
311.	1981	फ़िफ़्टी-फ़िफ़्टी	लक्ष्मीकान्त प्यारेलाल
312.	1981	ज्योति	बप्पी लाहिरी

313.	1981	क्रोधी	लक्ष्मीकान्त प्यारेलाल
314.	1981	लव स्टोरी	राहुल देव बर्मन
315.	1981	मेरी आवाज़ सुनो	लक्ष्मीकान्त प्यारेलाल
316.	1981	नसीब	लक्ष्मीकान्त प्यारेलाल
317.	1981	रास्ते प्यार के	लक्ष्मीकान्त प्यारेलाल
318.	1981	रक्षा	राहुल देव बर्मन
319.	1981	रॉकी	राहुल देव बर्मन
320.	1981	शारदा	लक्ष्मीकान्त प्यारेलाल
321.	1981	वकील बाबू	लक्ष्मीकान्त प्यारेलाल
322.	1982	अय्याश	रवीन्द्र जैन
323.	1982	आमने-सामने	राहुल देव बर्मन
324.	1982	अपना बना लो	लक्ष्मीकान्त प्यारेलाल
325.	1982	अशान्ति	राहुल देव बर्मन
326.	1982	बग़ावत	लक्ष्मीकान्त प्यारेलाल
327.	1982	बेमिसाल	राहुल देव बर्मन
328.	1982	दावेदार	लक्ष्मीकान्त प्यारेलाल
329.	1982	दर्द का रिश्ता	राहुल देव बर्मन
330.	1982	देश प्रेमी	लक्ष्मीकान्त प्यारेलाल
331.	1982	दो दिशाएँ	लक्ष्मीकान्त प्यारेलाल
332.	1982	फ़र्ज़ और क़ानून	लक्ष्मीकान्त प्यारेलाल
333.	1982	ग़ज़ब	लक्ष्मीकान्त प्यारेलाल
334.	1982	इंसान	लक्ष्मीकान्त प्यारेलाल
335.	1982	जीवन धारा	लक्ष्मीकान्त प्यारेलाल
336.	1982	जॉनी आय लव यू	राजेश रोशन
337.	1982	मैं इन्तक़ाम लूँगा	लक्ष्मीकान्त प्यारेलाल
338.	1982	राजपूत	लक्ष्मीकान्त प्यारेलाल
339.	1982	सम्राट	लक्ष्मीकान्त प्यारेलाल
340.	1982	शक्ति	राहुल देव बर्मन
341.	1982	ताक़त	लक्ष्मीकान्त प्यारेलाल
342.	1982	तीसरी आँख	लक्ष्मीकान्त प्यारेलाल
343.	1982	तेरी क़सम	राहुल देव बर्मन

328 (दावेदार) और 425 (मेरा करम मेरा धरम) एक ही फ़िल्म के दो नाम हैं

344.	1982	तेरी माँग सितारों से भर दूँ	लक्ष्मीकान्त प्यारेलाल
345.	1982	विधाता	कल्याणजी आनन्दजी
346.	1982	ये तो कमाल हो गया	राहुल देव बर्मन
347.	1983	अन्धा क़ानून	लक्ष्मीकान्त प्यारेलाल
348.	1983	अर्पण	लक्ष्मीकान्त प्यारेलाल
349.	1983	अवतार	लक्ष्मीकान्त प्यारेलाल
350.	1983	बेक़रार	लक्ष्मीकान्त प्यारेलाल
351.	1983	बेताब	राहुल देव बर्मन
352.	1983	कुली	लक्ष्मीकान्त प्यारेलाल
353.	1983	फ़रिश्ता	राहुल देव बर्मन
354.	1983	हीरो	लक्ष्मीकान्त प्यारेलाल
355.	1983	लवर्ज़	राहुल देव बर्मन
356.	1983	मैं आवारा हूँ	राहुल देव बर्मन
357.	1983	मुझे इंसाफ़ चाहिए	लक्ष्मीकान्त प्यारेलाल
358.	1983	नास्तिक	कल्याणजी आनन्दजी
359.	1983	प्रेम तपस्या	लक्ष्मीकान्त प्यारेलाल
360.	1983	रोमान्स	राहुल देव बर्मन
361.	1983	वो सात दिन	लक्ष्मीकान्त प्यारेलाल
362.	1983	ये इश्क़ नहीं आसाँ	लक्ष्मीकान्त प्यारेलाल
363.	1983	ज़रा-सी ज़िन्दगी	लक्ष्मीकान्त प्यारेलाल
364.	1984	आसमान	अनु मलिक
365.	1984	अक्लमन्द	लक्ष्मीकान्त प्यारेलाल
366.	1984	आवाज़	राहुल देव बर्मन
367.	1984	आल राउंडर	लक्ष्मीकान्त प्यारेलाल
368.	1984	बाज़ी	लक्ष्मीकान्त प्यारेलाल
369.	1984	बद और बदनाम	लक्ष्मीकान्त प्यारेलाल
370.	1984	एक नई पहेली	लक्ष्मीकान्त प्यारेलाल
371.	1984	घर एक मन्दिर	लक्ष्मीकान्त प्यारेलाल
372.	1984	हम हैं लाजवाब	राहुल देव बर्मन
373.	1984	हम दोनों	राहुल देव बर्मन
374.	1984	इन्क़लाब	लक्ष्मीकान्त प्यारेलाल
375.	1984	जागीर	राहुल देव बर्मन

376.	1984	जीने नहीं दूँगा	लक्ष्मीकान्त प्यारेलाल
377.	1984	जॉन जानी जनार्दन	लक्ष्मीकान्त प्यारेलाल
378.	1984	ख़ज़ाना	लक्ष्मीकान्त प्यारेलाल
379.	1984	माटी माँगे ख़ून	राहुल देव बर्मन
380.	1984	मेरा फ़ैसला	लक्ष्मीकान्त प्यारेलाल
381.	1984	मेरा दोस्त मेरा दुश्मन	लक्ष्मीकान्त प्यारेलाल
382.	1984	फाँसी के बाद	अनु मलिक
383.	1984	शरारा	लक्ष्मीकान्त प्यारेलाल
384.	1984	सोहनी महीवाल	अनु मलिक
385.	1984	सनी	राहुल देव बर्मन
386.	1984	यह देश	राहुल देव बर्मन
387.	1985	आर-पार	राहुल देव बर्मन
388.	1985	अलग-अलग	राहुल देव बर्मन
389.	1985	जवाब	लक्ष्मीकान्त प्यारेलाल
390.	1985	लावा	राहुल देव बर्मन
391.	1985	मेरे घर मेरे बच्चे	लक्ष्मीकान्त प्यारेलाल
392.	1985	मेरी जंग	लक्ष्मीकान्त प्यारेलाल
393.	1985	सरफ़रोश	लक्ष्मीकान्त प्यारेलाल
394.	1985	यादों की क़सम	लक्ष्मीकान्त प्यारेलाल
395.	1985	युद्ध	कल्याणजी आनन्दजी
396.	1986	आग और शोला	लक्ष्मीकान्त प्यारेलाल
397.	1986	आख़िरी रास्ता	लक्ष्मीकान्त प्यारेलाल
398.	1986	आपके साथ	लक्ष्मीकान्त प्यारेलाल
399.	1986	ऐसा प्यार कहाँ	लक्ष्मीकान्त प्यारेलाल
400.	1986	अमृत	लक्ष्मीकान्त प्यारेलाल
401.	1986	अनोखा रिश्ता	राहुल देव बर्मन
402.	1986	बात बन जाए	कल्याणजी आनन्दजी
403.	1986	दोस्ती-दुश्मनी	लक्ष्मीकान्त प्यारेलाल
404.	1986	एक मैं और एक तू	राहुल देव बर्मन
405.	1986	जाल	अनु मलिक
406.	1986	कर्मा	लक्ष्मीकान्त प्यारेलाल
407.	1986	काला धन्धा गोरे लोग	लक्ष्मीकान्त प्यारेलाल

408.	1986	नाम	लक्ष्मीकान्त प्यारेलाल
409.	1986	नाचे मयूरी	लक्ष्मीकान्त प्यारेलाल
410.	1986	नगीना	लक्ष्मीकान्त प्यारेलाल
411.	1986	पाले खाँ	राहुल देव बर्मन
412.	1986	क़त्ल	लक्ष्मीकान्त प्यारेलाल
413.	1986	सदा सुहागन	लक्ष्मीकान्त प्यारेलाल
414.	1986	समुन्दर	राहुल देव बर्मन
415.	1986	सौग़ात	राहुल देव बर्मन
416.	1986	स्वर्ग से सुन्दर	लक्ष्मीकान्त प्यारेलाल
417.	1986	स्वाती	लक्ष्मीकान्त प्यारेलाल
418.	1986	शत्रु	राहुल देव बर्मन
419.	1987	चकमा	बप्पी लाहिरी
420.	1987	डकैत	राहुल देव बर्मन
421.	1987	हिफ़ाज़त	राहुल देव बर्मन
422.	1987	इन्साफ़ की पुकार	लक्ष्मीकान्त प्यारेलाल
423.	1987	इतिहास	राहुल देव बर्मन
424.	1987	मददगार	लक्ष्मीकान्त प्यारेलाल
425.	1987	मेरा करम मेरा धरम	लक्ष्मीकान्त प्यारेलाल
426.	1987	नज़राना	लक्ष्मीकान्त प्यारेलाल
427.	1987	परिवार	लक्ष्मीकान्त प्यारेलाल
428.	1987	संसार	लक्ष्मीकान्त प्यारेलाल
429.	1987	सिन्दुर	लक्ष्मीकान्त प्यारेलाल
430.	1987	उत्तर दक्षिण	लक्ष्मीकान्त प्यारेलाल
431.	1988	अग्नि	लक्ष्मीकान्त प्यारेलाल
432.	1988	बीस साल बाद	लक्ष्मीकान्त प्यारेलाल
433.	1988	चरणों की सौगन्ध	लक्ष्मीकान्त प्यारेलाल
434.	1988	दो वक़्त की रोटी	लक्ष्मीकान्त प्यारेलाल
435.	1988	गंगा तेरे देश में	लक्ष्मीकान्त प्यारेलाल
436.	1988	घराना	लक्ष्मीकान्त प्यारेलाल
437.	1988	इन्तक़ाम	लक्ष्मीकान्त प्यारेलाल
438.	1988	क़ब्ज़ा	राजेश रोशन
439.	1988	ख़तरों के खिलाड़ी	लक्ष्मीकान्त प्यारेलाल

440.	1988	ख़ून वहा गंगा में	आनन्द मिलिन्द
441.	1988	महावीरा	कल्याणजी आनन्दजी
442.	1988	मर मिटेंगे	लक्ष्मीकान्त प्यारेलाल
443.	1988	मिल गई मंज़िल मुझे	राहुल देव बर्मन
444.	1988	प्यार का मन्दिर	लक्ष्मीकान्त प्यारेलाल
445.	1988	प्यार-मोहब्बत	लक्ष्मीकान्त प्यारेलाल
446.	1988	राम अवतार	लक्ष्मीकान्त प्यारेलाल
447.	1988	रामा ओ रामा	राहुल देव बर्मन
448.	1988	साज़िश	कल्याणजी आनन्दजी
449.	1988	शहंशाह	अमर उत्पल
450.	1988	तमाचा	बप्पी लाहिरी
451.	1988	वर्दी	अनु मलिक
452.	1989	आग से खेलेंगे	राहुल देव बर्मन
453.	1989	भ्रष्टाचार	लक्ष्मीकान्त प्यारेलाल
454.	1989	चालबाज़	लक्ष्मीकान्त प्यारेलाल
455.	1989	चाँदनी	शिव हरी
456.	1989	देशवासी	लक्ष्मीकान्त प्यारेलाल
457.	1989	दोस्त ग़रीबों का	लक्ष्मीकान्त प्यारेलाल
458.	1989	ऐलान-ए-जंग	लक्ष्मीकान्त प्यारेलाल
459.	1989	ग़रीबों का दाता	बप्पी लाहिरी
460.	1989	जुर्रत	राहुल देव बर्मन
461.	1989	मजबूर	लक्ष्मीकान्त प्यारेलाल
462.	1989	निगाहें	लक्ष्मीकान्त प्यारेलाल
463.	1989	राम लखन	लक्ष्मीकान्त प्यारेलाल
464.	1989	सच्चाई की ताक़त	लक्ष्मीकान्त प्यारेलाल
465.	1989	शहज़ादे	लक्ष्मीकान्त प्यारेलाल
466.	1989	त्रिदेव	कल्याणजी आनन्दजी
467.	1990	अग्निपथ	लक्ष्मीकान्त प्यारेलाल
468.	1990	अम्बा	लक्ष्मीकान्त प्यारेलाल
469.	1990	अमीरी ग़रीबी	लक्ष्मीकान्त प्यारेलाल
470.	1990	आवारगी	अनु मलिक
471.	1990	दूध का कर्ज़	अनु मलिक

472.	1990	फरिश्ते	बप्पी लाहिरी
473.	1990	हमसे ना टकराना	लक्ष्मीकान्त प्यारेलाल
474.	1990	इज़्ज़तदार	लक्ष्मीकान्त प्यारेलाल
475.	1990	जीने दो	राहुल देव बर्मन
476.	1990	ख़िलाफ़	लक्ष्मीकान्त प्यारेलाल
477.	1990	क्रोध	लक्ष्मीकान्त प्यारेलाल
478.	1990	पति-पत्नी और तवायफ़	लक्ष्मीकान्त प्यारेलाल
479.	1990	प्रतिबन्ध	लक्ष्मीकान्त प्यारेलाल
480.	1990	प्यार का कर्ज़	लक्ष्मीकान्त प्यारेलाल
481.	1990	शेरदिल	लक्ष्मीकान्त प्यारेलाल
482.	1990	शेष नाग	लक्ष्मीकान्त प्यारेलाल
483.	1990	वीरू दादा	लक्ष्मीकान्त प्यारेलाल
484.	1991	अजूबा	लक्ष्मीकान्त प्यारेलाल
485.	1991	अकेला	लक्ष्मीकान्त प्यारेलाल
486.	1991	बंजारन	लक्ष्मीकान्त प्यारेलाल
487.	1991	बेनाम बादशाह	लक्ष्मीकान्त प्यारेलाल
488.	1991	हम	लक्ष्मीकान्त प्यारेलाल
489.	1991	इज़्ज़त	अनु मलिक
490.	1991	लक्ष्मण रेखा	लक्ष्मीकान्त प्यारेलाल
491.	1991	ख़ून का कर्ज़	लक्ष्मीकान्त प्यारेलाल
492.	1991	लम्हे	शिव हरि
493.	1991	मस्त कलन्दर	लक्ष्मीकान्त प्यारेलाल
494.	1991	पाप की आँधी	लक्ष्मीकान्त प्यारेलाल
495.	1991	सौदागर	लक्ष्मीकान्त प्यारेलाल
496.	1991	प्रतिकार	बप्पी लाहिरी
497.	1991	प्यार हुआ चोरी-चोरी	लक्ष्मीकान्त प्यारेलाल
498.	1991	प्यार का देवता	लक्ष्मीकान्त प्यारेलाल
499.	1991	शिकारी	अनु मलिक
500.	1991	योद्धा	बप्पी लाहिरी
501.	1992	अंगार	लक्ष्मीकान्त प्यारेलाल
502.	1992	अपराधी	लक्ष्मीकान्त प्यारेलाल
503.	1992	चमत्कार	अनु मलिक

504.	1992	दिल ही तो है	लक्ष्मीकान्त प्यारेलाल
505.	1992	हीर-रांझा	लक्ष्मीकान्त प्यारेलाल
506.	1992	हमला	लक्ष्मीकान्त प्यारेलाल
507.	1992	जय शिव शंकर	राहुल देव बर्मन
508.	1992	ख़ुदा गवाह	लक्ष्मीकान्त प्यारेलाल
509.	1992	क्षत्रिय	लक्ष्मीकान्त प्यारेलाल
510.	1992	मार्ग	अनु मलिक
511.	1992	परम्परा	शिव हरी
512.	1992	पुलिस ऑफिसर	अनु मलिक
513.	1992	प्रेम-दीवाने	लक्ष्मीकान्त प्यारेलाल
514.	1992	विश्वात्मा	वीजू शाह
515.	1993	आशिक़ आवारा	लक्ष्मीकान्त प्यारेलाल
516.	1993	बेदर्दी	लक्ष्मीकान्त प्यारेलाल
517.	1993	चाहूँगा मैं तुझे	लक्ष्मीकान्त प्यारेलाल
518.	1993	डर	शिव हरी
519.	1993	दिल ने इक़रार किया	अनु मलिक
520.	1993	गुमराह	लक्ष्मीकान्त प्यारेलाल
521.	1993	इस्पेक्टर किरण	बप्पी लाहिरी
522.	1993	खलनायक	लक्ष्मीकान्त प्यारेलाल
523.	1993	मुट्ठी भर ज़मीन	अमर उत्पल
524.	1993	पहला नशा	नीरज उत्तंक
525.	1993	फूल	आनन्द मिलिन्द
526.	1993	साहिबाँ	शिव हरी
527.	1993	तुम करो वादा	राहुल देव बर्मन
528.	1994	अब इंसाफ़ होगा	आनन्द मिलिन्द
529.	1994	औरत औरत औरत	लक्ष्मीकान्त प्यारेलाल
530.	1994	चौराहा	लक्ष्मीकान्त प्यारेलाल
531.	1994	मोहरा	वीजू शाह
532.	1994	पापी देवता	लक्ष्मीकान्त प्यारेलाल
533.	1994	पहला-पहला प्यार	आनन्द मिलिन्द
534.	1994	स्वर्ग से प्यारा घर हमारा	लक्ष्मीकान्त प्यारेलाल
535.	1995	आग का दरिया	लक्ष्मीकान्त प्यारेलाल

536.	1995	आज़माइश	आनन्द मिलिन्द
537.	1995	अहंकार	आनन्द मिलिन्द
538.	1995	दिलबर	लक्ष्मीकान्त प्यारेलाल
539.	1995	दिलवाले दुल्हनिया ले जाएँगे	जतिन ललित
540.	1995	प्रेम	लक्ष्मीकान्त प्यारेलाल
541.	1995	राम जाने	अनु मलिक
542.	1995	रावण राज	वीजू शाह
543.	1995	त्रिमूर्ति	लक्ष्मीकान्त प्यारेलाल
544.	1996	भीष्मा	दिलीप सेन समीर सेन
545.	1996	धुन	लक्ष्मीकान्त प्यारेलाल
546.	1996	जान	आनन्द मिलिन्द
547.	1996	जंग	नदीम श्रवण
548.	1996	प्रेम ग्रन्थ	लक्ष्मीकान्त प्यारेलाल
549.	1996	राजकुमार	लक्ष्मीकान्त प्यारेलाल
550.	1996	रिटर्न ऑफ़ ज्वैल थीफ़	जतिन ललित
551.	1996	तेरे मेरे सपने	वीजू शाह
552.	1996	तू चोर मैं सिपाही	दिलीप सेन समीर सेन
553.	1997	अफ़लातून	दिलीप सेन समीर सेन
554.	1997	आँखों में तुम हो	अनु मलिक
555.	1997	चिराग़	राजेश रोशन
556.	1997	दीवाना मस्ताना	लक्ष्मीकान्त प्यारेलाल
557.	1997	दिल तो पागल है	उत्तम सिंह
558.	1997	गुलाम-ए-मुस्तफ़ा	राजेश रोशन
559.	1997	गुप्त	वीजू शाह
560.	1997	महानता	लक्ष्मीकान्त प्यारेलाल
561.	1997	परदेस	नदीम श्रवण
562.	1997	क़हर	आनन्द मिलिन्द
563.	1998	बरसात की रात	लक्ष्मीकान्त प्यारेलाल
564.	1998	दण्ड नायक	राजेश रोशन
565.	1998	दुश्मन	उत्तम सिंह
566.	1998	जब प्यार किसी से होता है	जतिन ललित
567.	1998	झूठ बोले कौवा काटे	आनन्द मिलिन्द

568.	1998	महायुद्ध	लक्ष्मीकान्त प्यारेलाल
569.	1998	शाम घनश्याम	विशाल भारद्वाज
570.	1998	ज़ख्म	एम. एम. क्रीम
571.	1998	ज़ोर	आगोश
572.	1999	आरजू	अनु मलिक
573.	1999	अग्निपुत्र	राजेश रोशन/निखिल विनय
574.	1999	बुलन्दी	वीजू शाह
575.	1999	दिल क्या करे	जतिन ललित
576.	1999	हिन्दुस्तान की क़सम	सुखविन्दर सिंह
577.	1999	हम तुम पर मरते हैं	उत्तम सिंह
578.	1999	कच्चे धागे	नुसरत फ़तेह अली ख़ान
579.	1999	कोहराम	दिलीप सेन समीर सेन
580.	1999	ताल	अल्ला रखा रहमान
581.	2000	हद कर दी आपने	आनन्द राज
582.	2000	मुहब्बतें	जतिन ललित
583.	2000	राजू चाचा	जतिन ललित
584.	2001	अशोक	अनु मलिक
585.	2001	छुपा रूस्तम	आनन्द मिलिन्द
586.	2001	ग़दर - एक प्रेम कथा	उत्तम सिंह
587.	2001	धुन (प्रायवेट अलबम)	राजू सिंह
588.	2001	ख़ूबसूरत (प्रायवेट अलबम)	समीर प.
589.	2001	इण्डियन	आनन्द राज आनन्द
590.	2001	क़सम	वीजू शाह
591.	2001	नायक : द रियल हीरो	अल्ला रखा रहमान
592.	2001	प्यार इश्क़ मोहब्बत	वीजू शाह
593.	2001	राहुल	अनु मलिक
594.	2001	यादें	अनु मलिक
595.	2001	ये रास्ते हैं प्यार के	संजीव दर्शन
596.	2002	क्रान्ति	जतिन ललित
597.	2002	कितने दूर कितने पास	संजीव दर्शन

आनन्द बख़्शी गुज़र गए

598.		आर-पार	
599.		बेबस	
600.	2002	चोरी-चोरी	साजिद वाजिद
601.		दिलरुबा	अमर उत्पल
602.		दुश्मन दोस्त	
603.		एक दो तीन चार	
604.		एक हिन्दुस्तानी	आनन्द राज आनन्द
605.	2002	हम किसी से कम नहीं	अनु मलिक
606.		हमसे बढ़कर कौन	
607.		जब प्यार हुआ	
608.		कलिंगा	कल्याण जी आनन्द जी
609.		लाठी	
610.		लेडीज़ ओनली	अनु मलिक
611.		लव इन कश्मीर	अनु मलिक
612.		लव यू हमेशा	अल्ला रखा रहमान
613.		मि. हँसमुख	
614.	2004	मेरी बीवी का जवाब नहीं	लक्ष्मीकान्त प्यारेलाल
615.	2002	मुझसे दोस्ती करोगे	राहुल शर्मा
616.	2002	न तुम जानो न हम	राजेश रोशन
617.		पुलिस के पीछे पुलिस	राहुल देव बर्मन
618.	2002	प्यार दीवाना होता है	उत्तम सिंह
619.		संगम होगा कि नहीं	जतिन ललित
620.		तेरे प्यार की क़सम	
621.		मजनूँ	
622.		महबूबा	इस्माइल दरबार

पुत्र राकेश बख़्शी की श्रद्धांजलि पिता आनन्द बख़्शी के नाम

30.3.02
शनिवार

डीयर डैडी

एज़ लांग एज़ देयर इज़ पोइट्री
एज़ लांग एज़ देयर इज़ मेमरी
यू विल कन्टीन्यू टू लिव ऐमगंस्थ अस ऑल
यू लीव बिहाइन्ड योर फ़ूटप्रिन्टस
आन द् केनवास ऑफ लाइफ़...
द् सैन्डज़ ऑफ टाइम...
एण्ड इन ऑवर हार्ट्स...
लविंग यू...मिसिंग यू

—डब्बू (राकेश)

उनके लिए जीवन एक सेलिब्रेशन था

(फ़िल्म लेखक-संघ द्वारा आयोजित आनन्द बख़्शी की शोकसभा में सुभाष घई के वक्तव्य)

मैं अपने आपको आनन्द बख़्शी के परिवार ही का एक अंग समझता हूँ। कोई 35 साल से उन्हें जाना और समझा है। फिर 26-27 सालों से, 'गौतम गोविन्दा' से तो मैं उनके साथ काम कर ही रहा हूँ, सब जानते हैं।

आनन्द बख़्शी ने मुझे कभी ऐसा मौक़ा ही नहीं दिया जो मैं सोचता कि मैं उनकी जगह किसी दूसरे शायर को अपनी फ़िल्म में गीत लिखने के लिए लूँ। अपने काम को लेकर इतने मेहनती, लगनशील, जुझारू और समय के पक्के थे कि उनका कोई जवाब नहीं था। 'गौतम गोविन्दा' के लिए जब उन्होंने मेरी बताई सिचुएशन पर–

'इक ऋतु आए / इक ऋतु जाए
मौसम बदले / ना बदले नसीब...'

गीत लिखकर दिया तब मैंने उनसे कई बार पूछा कि 'हो गया या वे कुछ और या किसी और तरीक़े से लिखेंगे ?' उनका कहना था, 'हो गया।' ख़ैर, हमें बड़ा सामान्य और साधारण-सा गीत लगा ये। मगर जैसे-जैसे दिन गुज़रे, स्क्रिप्ट का हिस्सा बनने से लेकर रिकार्डिंग तक, फिर वहाँ से शूटिंग और शूटिंग से लेकर फ़िल्म के प्रदर्शन तक वह गीत ऐसा पुख़्ता लगने लगा कि उस जगह पर हम किसी दूसरे गीत को तो छोड़ दीजिए उसी गीत के एक हर्फ़ को भी बदलने की बात नहीं सोच सकते थे।...और ऐसा सिर्फ़ उस एक गीत के साथ ही नहीं हुआ, बार-बार हुआ।

मैं यह बात यहाँ स्वीकारनी चाहूँगा कि प्रारम्भ में प्रायः हरेक निर्देशक को, गीत-संगीत के माध्यम से जो चित्र बनते हैं वे नहीं सूझते बल्कि बाहरी बिम्ब ही ज़्यादा सूझते हैं, मेरे साथ भी ऐसा ही हुआ पर धीरे-धीरे मुझे भी बख़्शी जी

के गीतों में छिपे स्क्रीन-प्ले और पूरा गीत जो कहानी कह रहा है उसकी रूपरेखा समझ में आनी शुरू हो गई।

आनन्द बख़्शी के लिए जीवन एक सेलिब्रेशन था। जब कभी मैं उनसे कहता कि, 'बख़्शी जी, यहाँ ऐसी दुर्घटना घट गई या फ़िल्म-जगत पर फलाँ तरह की गाज गिर गई है,' तो इसपर उनका जवाब बस एक मुस्कराहट होती और यह कि, 'सब ठीक हो जाएगा।'

हर तरह के विषय पे हर तरह के गीत लिखना तो उन्हें आता ही था जिसके उदाहरण भी हैं। मगर उन्हें अपने-आप की पब्लिसिटी करनी नहीं आती थी। अगर आती होती तो भारत के इस रत्न की मृत्यु बग़ैर भारत-रत्न मिले नहीं होती। बस, पचास-सौ साल ही लगेंगे, देखिएगा कि कैसे स्कूल और कॉलेजों के पाठ्यक्रमों में आनन्द बख़्शी के गीत पढ़ाए जाएँगे।

बख़्शी जी को अपने गीतों के एवज़ में कभी भी पारिश्रमिक को लेकर कोई परेशानी नहीं थी। मैं जब भी उनका मन टटोलने की ख़ातिर पूछता कि अब तो मेरा म्यूज़िक (मेरी फ़िल्मों का) काफ़ी मँहगे दामों में म्यूज़िक कम्पनियाँ ख़रीद रही हैं आप भी अपना पारिश्रमिक खुल के बताइए। वे कहते, 'तुम लोग दे ही क्या सकते हो गीतों की क़ीमत ?' फिर भी जब मैं उनसे जिरह करता कि आप जा के तो दिखाइए कितनी दूर तक जा सकते हैं तब भी वे एक गीत के पचास हज़ार रुपए से ज़्यादा नहीं बोलते थे।

मेरे लिए 'खलनायक' में माँ पर उन्होंने एक ऐसा गीत लिखा था जिससे अच्छा गीत माँ पर यक़ीनन नहीं हो सकता है—

'अय माँ तुझे सलाम
अपने बच्चे तुझको प्यारे
रावण हो या राम...'

पर वह गीत ज़्यादा चला नहीं, मुझे इसका अफ़सोस ताउम्र रहेगा।

सब जानते हैं कि फ़िल्म-जगत में सक्सेस और फ़ेलियर के साथ किसी भी शख़्सियत के नाते-रिश्ते न चाहते हुए भी बदलते जाते हैं मगर उनके लिए हर मौसम सक्सेस का रहा और वे हर मौसम में सिम्पल ही बने रहे। सच तो यह है कि उन्होंने अपनी सफलता पर कभी भी कोई हनीमून नहीं मनाया।

जब फ़िल्में गुज़रते वक़्त के साथ गुज़र जाती हैं तो गानों के सिवा क्या याद रह जाता है ? मैंने कई म्यूज़िक डायरेक्टर्ज़, कई सिंगर्ज़ को यह कहते सुना कि, 'घई साहब, बताइए मेरा गीत कैसा लगा आपको' और मैं चुपचाप बस इतना ही सोचा किया कि यह गीत असल में जिस शख़्स का यानी आनन्द बख़्शी का

है वो कभी ये सवाल किसी से क्यूँ नहीं करता ?

वो सिर्फ़ गुरु नानक की ये पंक्तियाँ ही क्यूँ दोहराता है—

'मेरा इसमें कुछ भी नहीं है
जो कुछ है सब तेरा है...'

—सुभाष घई

उन्होंने मुझे अपने बेहतरीन गीत दिए

बख़्शी जी को इस बात का बड़ा फ़ख़्र था कि उनके लिखे सबसे ज़्यादा गीत मैंने ही गाए हैं और मुझे इस बात की ख़ुशी है कि उन्होंने मुझे अपने बेहतरीन गीत गाने को दिए।

बख़्शी साहब की पोयट्री बड़ी सीधी होती थी और जिसमें लोक-गीतों के ख़ासे तत्व पाए जाते थे।

एक लम्बा दौर ऐसा गुज़रा है मेरी ज़िन्दगी का कि हर रोज़ मैं उनका ही लिखा गीत गा रही हूँ और उनसे कभी इस रिकॉर्डिंग स्टूडियो में मिल रही हूँ तो कभी उस रिकॉर्डिंग स्टूडियो में। उस दौर में लक्ष्मीकान्त प्यारेलाल, पंचम, कल्याणजी आनन्दजी जैसे सारे संगीतकारों के वे अकेले गीतकार हुआ करते थे।

उन्हें इंसानों की इज़्ज़त करने में बड़ा सुख मिलता था। मुझसे इतनी नम्रता से मिलते कि मैं उनकी क़ायल हो जाती थी। शायरी में तो सारी दुनिया की बात और सोच काग़ज़ पर उतारते थे मगर यथार्थ की ज़िन्दगी में बड़े सादे थे वे।

मुझे एक भी ऐसी घटना याद नहीं आती जब बख़्शी जी के गीतों को लेकर निर्माता-निर्देशक, संगीतकार या फिर गायक-गायिकाओं को ही किसी प्रकार की समस्या आई हो।

उनके लिखे कई ऐसे गीत हैं जिन्हें मैंने ख़ूब गुनगुनाया है, पसन्द किया है, जैसे—'बिन्दिया चमकेगी...', 'जाने क्यूँ लोग मोहब्बत किया करते हैं...', 'सावन का महीना...', 'दुनिया में ऐसा कहाँ...', 'बड़ा नटखट है...', 'तेरे मेरे होंटों

पे...', 'तुझे देखा तो ये जाना सनम...' वग़ैरह वग़ैरह।

आनन्द बख़्शी स्वयं भी एक सिंगर थे और 'मोम की गुड़िया' में मेरे साथ गाया भी था उन्होंने–'बाग़ों में बहार आई... ।' मुझे अभी तक याद है कि उनमें एक तरफ़ थोड़ी घबराहट थी तो दूसरी ओर इस बात की बेहद .ख़ुशी कि वे मेरे साथ-साथ गाने वाले हैं।

हम लोग एक परिवार जैसे थे। मुझे याद है कि मैं बम्बई में नहीं थी फिर भी बड़ी मुश्किल से मैं उनकी बेटी की शादी के समारोह में उपस्थित हुई थी।

बख़्शी जी को उनके गीतों के एवज़ में जो भी सम्मान और पुरस्कार मिला वह बेहद कम था। उन्हें तो शीर्ष पर बिठाया जाना चाहिए था। उनका मेरे मिलने पर 'वाह जी वाह' कहना मैं मरते दम तक नहीं भूल सकती हूँ।

–लता मंगेशकर

इनको लिखने से ज़्यादा गाने का शौक था

आनन्द बख़्शी साहब का एक ज़माने में शक्ति सामन्त, राजेश खन्ना और आर. डी. बर्मन के साथ एक ग्रुप हुआ करता था। कभी-कभी मैं भी उसमें शामिल हो जाया करता था और पाता था कि इस इंसान को लिखने से ज़्यादा गाने का शौक़ है। बख़्शी जी शायद ही अपने गीतों को निर्माता-निर्देशकों-संगीतकारों को लिखकर दिया करते थे। वे उन्हें गाकर सुनाते थे।

मुझे जिस शख़्स ने आनन्द बख़्शी से मिलवाया था वे थे मेरे शायर मित्र साहिर लुधियानवी जो जबतक ज़िन्दा रहे मेरी फ़िल्मों के गीत लिखते रहे। साहिर ने तार्रूफ़ करवाते हुए यह कहा कि, 'यह भी हमारी-तुम्हारी तरह पंजाबी है और बहुत अच्छा गीत लिखता है।' साहिर चाहते थे कि मैं बख़्शी साहब से गीत लिखवाऊँ। तब कारदार स्टूडियो में मेरा ऑफ़िस था। वहीं पास में आनन्द बख़्शी प्रसाद प्रोडक्शन्ज़ की कई फ़िल्मों के गीत लिखने आते थे। कई बार 'साथ काम करें' जैसी बात ज़ेहन में आती थी। मगर तब मेरे लिए साहिर से अलग होना

सम्भव नहीं था।

आनन्द बख़्शी और मेरा पहला साथ 'चाँदनी' से हुआ सन् 1988 में। हमने उनको एक डोंगरी धुन सुनाई। बोल थे—

मेरे हाथों में सौ-सौ चूड़ियाँ हैं

इस पर बख़्शी ने लिखा, 'मेरे हाथों में नौ-नौ चूड़ियाँ हैं...'। इस गीत की जो चाल है अगर आप उस पर ग़ौर करें तो पाएँगे कि उसमें अन्तरों की गुंजाइश ही नहीं है। इसीलिए इस पर बख़्शी जी ने हमें बेशुमार मुखड़े लिख कर दिए। हमने अपनी पसन्द की चीज़ें सलेक्ट कर लीं। वह दिन है और आज का दिन, हमने किसी दूसरे गीतकार को नहीं लिया। हमारी साथ की लेटेस्ट फ़िल्म है—'मुझसे दोस्ती करोगे'।

वे एक अच्छे पोयट थे, यह बात तो सब जानते हैं। मगर एक सांग राइटर के तौर पर वे बेमिसाल थे। उनका थॉट परफ़ेक्ट और सीधा हुआ करता था। वे हर गीत को गुनगुना कर लिखते थे, लिहाज़ा उन्हें जिस तरह मीटर और क़ाफिए की समझ थी, शायद ही किसी को थी। उनके साथ काम करने का एक अजीब-सा मज़ा था। मैंने उनकी ज़बाँ से आज तक किसी की भी बुराई नहीं सुनी। न कभी किसी पोयट की बेइज़्ज़ती करते, न किसी तरह की पॉलिटिक्स में ही इनवॉल्व होते।

सुबह-सुबह आते थे तक़रीबन ग्यारह बजे हमारे घर पर हाफ़ पैन्ट पहने। हाथ में एक मोटी-सी किताब और एक क़लम होती थी और एक उँगली में सिगरेट दबाए रहते। उनकी ज़िन्दगी के आख़िरी दिनों की बात है। कहते, 'इन दिनों सिटिंग के लिए मैं कहीं भी आता-जाता नहीं। बस तुम्हारे यहाँ ही चला आता हूँ क्योंकि तुम्हारा घर मुझे अपने ही घर जैसा लगता है। बहुत प्यार मुझे मिला है तुमसे।'

उन्होंने मेरे बेटे की फ़िल्म 'दिलवाले दुल्हनिया ले जाएँगे' के लिए भी लिखा। मेरे बेटे (आदित्य चोपड़ा) के काम करने का अन्दाज़ ऐसा है कि वह कम्पलीट पिक्चर सोचता है। यह सीन है, यह स्क्रिप्ट है, यह कैरेक्टर है, यह डायलॉग है। इसके साथ ऐसा म्यूज़िक आएगा। ऐसे शब्द आएँगे। फिर वह स्क्रिप्ट पर जब सालों-साल काम करता है तो सब-कुछ यहाँ तक कि उसके ख़ुद के शब्दों की भी एक छाप उसके दिमाग़ में बैठ जाती है।

मगर ऐसे डॉयरेक्टर के साथ भी बख़्शी जी ने इतना अच्छा तालमेल बना लिया था कि पूछिए मत। आज आदित्य सोच नहीं पा रहा है कि वह बख़्शी जी की जगह किसे ले।

बख़्शी जी को पता था कि यश चोपड़ा को कैसी पोयट्री चाहिए और आदित्य चोपड़ा को कैसी। वे यह भी जानते थे कि आज के जेनरेशन का क्या टेस्ट है। सिचुएशन की उन्हें ग़ज़ब की समझ थी। वे अपने साथ वाले को बहुत कम्फ़र्टेबल बना देते थे। यह कला बड़ी मुश्किल से आदमी में पाई जाती है। वे गीत, संगीत, स्टोरी, ट्रीटमेंट को सुनकर बहुत पहले बता देते थे कि फ़िल्म कैसी बनने वाली है। एक बात और कहूँगा, जितना पंजाबी फ़ोक, पंजाबी कल्चर, पंजाबी ज़बान गानों के द्वारा बख़्शी साहब ने स्टैब्लिश किया है, किसी ने नहीं किया है। पंजाबियों को इसके लिए बख़्शी साहब का अहसानमन्द होना चाहिए। बख़्शी साहब के लिखे एक-एक शब्द को हर प्रदेश के लोगों ने समझा, बूझा और अपनाया है।

उनकी बहुत जल्दी मृत्यु हो गई। आज हमारे पास उनके जैसा कोई भी सांग राइटर नहीं है। बख़्शी जी को फ़ोक की इतनी समझ थी जितनी किसी को नहीं है।

बख़्शी जी की ज़िन्दगी की दास्तानें भी किसी फ़िल्म की तरह ही हसीन और रंगीन है। एक दफ़ा आज़ादी के पहले जब वे नेवी में थे उस वक़्त बग़ावत करने के आरोप में उन्हें फाँसी भी मिलने वाली थी। जब मुम्बई आए तो एक टिकट कलेक्टर ने इन्हें बड़ा सहारा दिया था। वग़ैरह, वग़ैरह।

मैंने उन्हें कभी हताश नहीं देखा। उन्हें 'चाँदनी' के वक़्त हस्पताल में पेसमेकर लग रहा था और वे मज़े में गीत लिख रहे थे। उनका ऐटिट्यूड हमेशा पॉजीटिव रहता था नेगेटिव नहीं। खाने-पीने का ज़बर्दस्त शौक़ था। मैं सुबह म्यूज़िक सिटिंग रखने का आदी था और वे कहते थे, 'यार शाम को क्यूँ नहीं रखते सिटिंग। शाम को शराब, शबाब और कबाब हो तो क्या-क्या गीत बनते हैं, उफ़ !' उन्हें गप्पें मारने का, ज़िन्दगी को जी-भरकर जीने का बेहद शौक़ था। इस इण्डस्ट्री में कोई भी ऐसा नहीं है जो उनका दुश्मन हो। हम सब बहुत ज़्यादा पर्सनल लॉस महसूस कर रहे हैं उनके बिना।

उन्हें कभी भी अपने-आपको बड़ा कहलवाने का शौक़ नहीं रहा और तभी तो उन्होंने इतना काम किया, 5000 से ज़्यादा गीत लिखे, जितना काम किसी ने नहीं किया। आज उन्हें यह कहना कि 'वे थे' बड़ा बुरा लग रहा है।

मैं उन्हें बख़्शी साहब बोलता था जब फ़ोन पर बातचीत होती थी तब, मगर आमना-सामना होने पर हम दोनों एक-दूसरे को 'पापाजी-पापाजी' ही कहा करते थे। हमें उन पर इतना कॉन्फ़िडेन्स था कि हमने उनसे अपनी हर फ़िल्मों में काम लिया किए चाहे हीरो, हीरोइन और संगीतकार किसी को भी क्यों न रखा किया।

वे भी परिवार के सदस्य-से थे। कभी पैसों की बात नहीं करते। कहते, 'जो तुम्हारा दिल करे दे देना।' मेरी बीवी को भाभी कहते थे। कहते थे, 'तुम फ़िल्म बनाओ, मैं गीत लिखूँगा, बाक़ी की कुछ भी बात मत करो।' शायर होने के नाते उनमें काफ़ी अहसासात थे।

आदित्य की फ़िल्म 'दिलवाले दुल्हनिया...' में एक दफ़ा जब आदित्य ने उन्हें एक सिचुएशन दी तो उन्होंने कहा कि अब बाक़ी सब उन पर छोड़ दें। उन्होंने 'घर आजा परदेसी तेरा देस बुलाए रे...' जैसा बढ़िया गीत ही नहीं लिखा बल्कि उसकी धुन भी लेते आए।

ऐक्सटेम्पोर राइटर थे। अचानक फ़ोन आता था यह पंक्ति कैसी है ? यह मुखड़ा लिख लो। 'लम्हे' में एक भजन था—

'मोहे छेड़ो ना नन्द के लाला
कि मैं हूँ बृजबाला
नहीं मैं राधा तेरी...'

इन्होंने मुश्किल से आधा घंटा लगाया होगा उससे ज़्यादा नहीं। कभी भी यह नहीं जताया कि, 'तुम्हारे गीत ने बहुत परेशान कर डाला पापाजी।'

मुझे आज भी मेरे लिए लिखा पहला गीत उनका सर्वश्रेष्ठ गीत लगता है—

'मेरे हाथों में नौ-नौ चूड़ियाँ हैं
थोड़ा ठहरो सजन मजबूरियाँ हैं
मिलन होगा अभी इक रात की दूरियाँ हैं...'

—यश चोपड़ा

बख़्शी जी लफ़्ज़ों की नहीं, ख़यालों की बात करते थे

आनन्द बख़्शी के मैं इतना क़रीब रहा हूँ और उनके बारे में इतना कुछ जानता हूँ कि उन पर महीनों बातचीत कर सकता हूँ।

लिखने से बहुत पहले जब मैं सिर्फ़ गीत सुना करता था उसी ज़माने से

मैं उनका फ़ैन रहा हूँ। खुद मेरे वालिद गीतकार अनजान को भी इस बात पर आश्चर्यजनक खुशी थी मैं उनका नहीं, बख़्शी जी का प्रशंसक हूँ। बख़्शी जी का एक गीत है–

'ए बी सी डी छोड़ो
नयनों से नयना जोड़ो...'

जिसे हर कोई समझ सकता है। उन्हीं दिनों का ज़िक्र है, मैंने काग़ज़ रंगीन करना शुरू ही किया था। मैं यही सोचता था कि अगर फ़िल्म-गीत लिखना इसे कहते हैं तो इसमें कौन-सी बड़ी बात है ? यह काम तो मैं पलक झपकते ही कर सकता हूँ। बेकार में ही लोग आनन्द बख़्शी आनन्द बख़्शी करते रहते हैं।

ख़ैर, बनारस में उन दिनों जो मन में आया, लिखता रहा मगर फ़िल्म-जगत में जब सही मायनों में गीत लिखने की शुरुआत की तब असल बात धीरे-धीरे समझ में आई कि–'ए बी सी डी छोड़ो...' लिखना कितना मुश्किल काम है। बनारस की कवि-गोष्ठियों और मुशायरों में अक्सर उनका ज़िक्र चलने पर उन्हें 'तुकबन्दी का शायर' कहते थे। पर मुम्बई आते ही मेरी मान्यता बदल गई और मैं उन्हें ऊँचे दर्जे का एक बेहद महान शायर मानने लगा। मैं मान गया कि 'मुश्किल लिखना आसान है और आसान लिखना मुश्किल।'

मेरे पिताजी उन दिनों बीमार चल रहे थे। कोई पन्द्रह साल पहले की बात है जब मैं उनके साथ कई म्यूज़िक सिटिंग में उन्हें थाम कर ले जाया करता था। मैंने पापा से कहा कि वे मुझे कभी आनन्द बख़्शी से मिलवाएँ। एक बार लक्ष्मीकान्त प्यारेलाल की म्यूज़िक सिटिंग आनन्द बख़्शी के साथ समाप्त हो रही थी और पापा के साथ प्रारम्भ होने वाली थी। पापा ने आनन्द बख़्शी से मेरा परिचय यूँ करवाया कि, 'भई ये बेटा तो मेरा है पर फ़ैन है आपका।' मैं अपलक बख़्शी जी को देखता रहा था उस दिन।

मुम्बई में कुछ प्रोड्यूसर मुझे प्यार से 'आज का आनन्द बख़्शी' कहकर पुकारते हैं। मैं जब इस बारे में सोचता हूँ तो यही सोचता हूँ कि अगर मैं उनके आस-पास भी पहुँच जाऊँ तो मुझे लगेगा कि मैंने ज़िन्दगी जीत ली है।

यूँ आनन्द बख़्शी ने एक दफ़ा जौगर्ज़ पार्क में मुझसे कहा था कि, 'अंग्रेजी में एक 'फ़्लैशेज़' नाम का शब्द है और मुझे तुम्हारे गीत सुनकर वही फ़्लैशेज़ दिखाई पड़ते हैं कि तुम पैदाइशी गीतकार हो, तुमने अपने-आपको गीतों के लिए ढाला नहीं है। तुम्हारे गीत आमद वाले गीत लगते हैं जैसे नूर खुद-ब-खुद टपकता है न, ठीक वैसे।' उन्हें 'राजा हिन्दुस्तानी' के एक गीत 'तेरे इश्क में नाचूँगा...' के अन्तरे की एक पंक्ति बेहद पसन्द थी–'तेरी तिजोरी का सोना

नहीं/दिल मेरा दिल है खिलौना नहीं।'

उनकी एक फ़िल्म थी 'दुश्मन' जिसमें उन्होंने एक क़व्वाली लिखी थी और हुस्न की तारीफ़ में यह पंक्ति लिखी थी–

'तुम्हारी ज़ुल्फ़ है या
सड़क का मोड़ है ये...'

और यह इसीलिए लिखा कि वह कैरेक्टर फ़िल्म में एक ट्रक-ड्राइवर है। मैं जब भी यह गीत सुनता हूँ तो सोचता हूँ कि बख़्शी जी इस क़दर कहानी में अपने आपको कैसे इन्वॉल्व कर लेते थे। जी हाँ, इस गीत के लिए वे पहले ट्रक-ड्राइवर बने फिर ऐसा गीत लिखा।

उनके शब्दों में लयकारी होती थी। उनके मुखड़े सुनकर संगीतकारों को धुन बनाने में कोई दिक़्क़त नहीं होती थी। लफ़्ज़ों में रिद्म और रवानी होती थी, म्यूज़िक छिपा होता था। उनके गीत आईने की तरह साफ़ होते थे। कोई छिपा हुआ मतलब नहीं होता था उनमें। आप कोई भी गीत उठा लें। एक बात और, जिन जुमलों को हम और आप यूँ ही चलते-फिरते बोलते हैं और सोच भी नहीं सकते कि इन्हें गीत की शक्ल में ढाला भी जा सकता है। बख़्शी साहब गीत बना लेते थे। जैसे–

'अच्छा तो हम चलते हैं
फिर कब मिलोगे
जब तुम कहोगे...'

यह वही लिख सकता है जो शायर आम आदमी के बेहद क़रीब रहता हो। आनन्द बख़्शी को वक़्त के साथ-साथ अपने आपको बदलना भी आता था क्योंकि अपने दौर से उन्होंने जब मेरे दौर में भी राइटिंग की तो ऐसे गीत लिखे जिन्हें सुनकर मुझे भ्रम होता था कि ये मैंने लिखे हैं या उन्होंने ?...और यही एकमात्र ऐसा शायर था जिसने वक़्त के साथ अपने-आपको ढाला।

सिम्पल वड्र्ज़ में बहुत बड़ी बात कह जाने का यह हुनर शैलेन्द्र के बाद बख़्शी जी में ही था। एक उदाहरण देता हूँ। उनका गाना है–

'दुनिया में कितना ग़म है
मेरा ग़म कितना कम है
लोगों का ग़म देखा तो
मैं अपना ग़म भूल गया...'

इस पर अंकल (बख़्शी जी) ने एक बात भी बताई थी जब मैंने उनसे पूछा था कि आप एक ही शब्द को एक गीत में कई बार क्यों ले आते हैं जबकि

इसकी मनाही है। उन्होंने इसी गीत का उदाहरण देते हुए कहा था, 'बेटा, मेरे इस गीत के मुखड़े में ही चार बार ग़म आता है और अगर मैं ग़म को बाद की पंक्तियों में 'दुख' या 'पीड़ा' लिख दूँ तो गीत ही मर जाएगा। बात लफ़्जों की नहीं होती बात होती है ख़यालों की। ख़यालों की सफ़ाई और सरलता की।'

आनन्द बख़्शी एक गीतकार और शायर का नाम नहीं है, एक संस्था का नाम है। जिसे भी गीतकार-शायर बनना हो तो वह सिर्फ़ आनन्द बख़्शी के पहले गाने से आख़िरी गाने को पढ़ ले और जी ले। उसे दुनिया की कोई ताक़त गीतकार बनने से नहीं रोक सकती।

आनन्द बख़्शी के बारे में मैं एक शब्द भी आलोचना के तौर पर नहीं कह सकता और न किसी को इजाज़त देता हूँ कि वे कहें क्योंकि आप इसके हक़दार तभी हो सकते हैं जब इस रंग बदलती और समझौते करने वाली इंडस्ट्री में 5000 गीत लिखकर दिखाएँ।

आज आनन्द बख़्शी के गुज़रने के बाद मेरे समक्ष ऐसा कोई भी गीतकार-शायर नज़र नहीं आ रहा है कि वह अपने गीतों में कोई बात करे तो मैं अपने गीतों के ज़रिए उसके गीतों का जवाब दूँ। आज एक वैक्यूम है गीत-लेखन के क्षेत्र में।

उनसे उनके आख़िरी दिनों में मुलाक़ात हुई थी। वे उदास थे। पूछने पर बताया, 'सबब यह है कि मेरे जाने के बाद उन गीतों का क्या होगा जो अभी आए तो नहीं हैं मगर जो मेरे ज़ेहन में हैं।...और एक क्रिएटिव इंसान का यह दुख सुनकर मैं हैरान था।

मुझ पर कई दफ़ा मेरे गीतों को लेकर कई तरह के इल्ज़ाम लगाए जाते हैं और ऐसे में बख़्शी जी का यह गीत ही मुझे सुकून पहुँचाता है कि–

'कुछ तो लोग कहेंगे
लोगों का काम है कहना
छोड़ो बेकार की बातों में
कहीं बीत न जाए रैना...'

–समीर

आसान बात बस एक बख़्शी ही करते थे

आनन्द बख़्शी साहब के बारे में लफ़्ज़ इकट्ठे करना आसान काम भी है तो मुश्किल काम भी। बख़्शी साहब के लिखे कई गीत मैंने गाए हैं, जैसे--

'अय माँ तुझे सलाम
अपने बच्चे तुमको प्यारे
रावण हो या राम...' (खलनायक)
या
'चिट्ठी न कोई सन्देस...' (दुश्मन)

मैं बख़्शी साहब को एक लोकगीत लिखने वाला शायर ही मानता हूँ। बड़े सीधे-सादे लफ़्ज़ों का इस्तेमाल करते हैं वे, मगर दिल की ऐसी बात करते हैं कि कोई भी समझ जाए। यह आसान नहीं बहुत बड़ी बात है। बड़ी-बड़ी बातें तो सब करते थे आसान बात बस एक बख़्शी ही करते थे।

–जगजीत सिंह *(मशहूर ग़ज़ल गायक)*

आनन्द बख़्शी का एक ख़ास मिज़ाज था

अगर कोई मैदान ख़ाली पड़ा हो तो उसमें अपनी पसन्द की इमारत, महल, बंगला या कोठी बना लेना बहुत आसान काम है। और अगर कोई महफ़िल सूनी और अँधेरी हो तो उसमें एक ख़ूबसूरत चराग़ या एक रंगीन शमा रौशन कर देना भी बहुत आसान काम है। लेकिन अगर किसी मैदान में पहले से ही बहुत ऊँची-ऊँची इमारतें, शानदार बंगले और कोठियाँ मौजूद हों और वहाँ कोई ऐसा मकान बनाए जिस पर नज़र ठहरे बग़ैर न रहे सके और अगर कोई ऐसी मस्जिद हो जिसपे पहले से बहुत बड़े-बड़े फ़ानूस रौशन हों वहाँ पर कोई ऐसा चिराग़ जलाए जिसकी रोशनी से इन्कार करना मुमकिन न हो

तो ये एक बहुत बड़ा क़ारनामा है और आनन्द बख़्शी ने यही क़ारनामा अंजाम दिया है।

जिस वक़्त वे फ़िल्मों में आए उस वक्त इस मैदान में बड़ी ऊँची-ऊँची इमारतें थीं। साहिर लुधियानवी, शैलेन्द्र, शकील, राजेन्द्र कृष्ण, राजा मेहँदी अली ख़ान, पण्डित भरत व्यास जैसे बड़े-बड़े चराग़ रौशन थे। मगर उनकी मौजूदगी में उन्होंने एक ऐसा नग़मा छेड़ा जिसने लोगों को अपनी ओर तवज्जोह कर लिया और आजतक लोगों की वह तवज्जोह जारी है। यह सचमुच एक बड़ा क़ारनामा है।

आनन्द बख़्शी वे पहले शायर या नग़्मानिगार हैं जिन्होंने यह साबित किया है कि अच्छा गीत लिखने के लिए सिर्फ़ शायरी की सलाहियत रखना काफ़ी नहीं होता एक ख़ास मिज़ाज भी चाहिए। आनन्द बख़्शी जी एक भरपूर और परफ़ेक्ट फ़िल्म-लिरिसिस्ट हैं। बहुत अच्छे गीत लिखे हैं उन्होंने और सबने लिखवाए हैं उनसे। मैं .ख़ुदा से दुआ करता हूँ कि उनके दिल की जवानी, उनके ज़ेहन की ताज़गी और उनके क़लम की रौशनाई का असर कभी न ख़त्म हो।

–हसन कमाल

वे संगीतकारों को हरा देते थे

आनन्द बख़्शी जी ही वह शख़्स थे जिन्होंने अधिकारपूर्वक अपने सम्बन्ध का इस्तेमाल करते हुए मुझे मशहूर संगीतकार जोड़ी लक्ष्मीकान्त प्यारेलाल के यहाँ बतौर सहायक रखवाया था जहाँ से मैंने संगीत निर्देशन की विधिवत शिक्षा ली।

आनन्द बख़्शी जी ने पापा (संगीतकार रोशन) के साथ बहुत काम किया था और मेरी पहली फ़िल्म 'जूली' के गीत भी उन्होंने ही लिखे थे। मुझे राजू कहकर बुलाते थे और मैं उन्हें अंकल कहता या बख़्शी जी।

बख़्शी जी के मेरी ज़िन्दगी पर कई अहसान हैं। मैंने 28-30 साल के म्यूज़िक कैरियर में ए टू ज़ेड याने सारे राइटरों के साथ काम किया है मगर यही एकमात्र

ऐसे सांग राइटर थे जो सच मायनों में फ़िल्म के सांग-राइटर थे। फिर उन्हें अपने काम से कभी भी थकावट नहीं होती थी। वे चन्द दूसरे राइटरों-से नहीं थे कि, 'नहीं भई। अब बन्द करो यह गाना। जो लिखा उसे ही फ़ाइनल समझो। अब इससे ज़्यादा विचार इस सिचुएशन पर लिखे या लाए ही नहीं जा सकते।' बल्कि अपने थॉट्स से वे संगीतकारों को हरा देते थे जैसे। संगीतकार ही कहते थे, 'नहीं रहने दीजिए अब। आपने पहले से ही कई बातें, कई मुखड़े-अन्तरे लिख डाले हैं। मैं उन्हीं में से बेस्ट चुन लेता हूँ।' वे आम राइटरों जैसे पेन बन्द नहीं कर देते थे।

उन्हें धुन की ऐसी ज़बर्दस्त पकड़ थी कि कोई संगीतकार उनसे गीत का मुखड़ा किसी धुन पर लिखवा रहा है तो वे उस संगीतकार को उस गीत के अन्तरे की धुन भी सुझा देते थे शब्दों के साथ। 'जूली' के टाइटिल सांग के अन्तरे की धुन–

'ऐसा न हो तड़प-तड़प के
ये प्यार प्यासा मर जाए...'

उन्हीं की है। उनके ऐसे कई रिजेक्टेड अन्तरे या मुखड़े अगर आज इस्तेमाल किए जाएँ तो कई सुपरहिट गीत जन्म ले सकते हैं। मतलब हम संगीतकारों को उन्हें रोकना पड़ता था कि धुन हमें ही बनाने दीजिए।

उन्हें रिकॉर्डिंग में मुझसे एक शिकायत होती थी कि मैं उछल-कूद कर, हँसता-खिलखिलाता हुआ क्यूँ नहीं रहता हूँ। क्यूँ मैं सीरियस रहता हूँ ? और मुझे उन पर गुस्सा आता रहता था कि वे मेरे निजी मूड्ज़ के बारे में इतने इन्टरफ़ेयर करने वाले कौन होते हैं। मैंने भी रिकॉर्डिंग में उनसे बात न करने की ठान ली थी। वे मेरी तरफ़ देखते तो मैं दूसरी ओर मुँह कर लेता था। हालाँकि वे मुझे अपना बच्चा समझ कर मुझे ऐनकरेज ही करना चाहते थे।

बड़े अजीब क़िस्म के इंसान थे वे। मुझे शक़ है कि मैं कभी फिर उन-सा किसी से मिल भी पाऊँगा। कभी भी फ़ोन कर देते थे। कहते, 'अरे यार तुम मुझे फ़ोन नहीं करते हो ? तुमने मुझे दारू ही नहीं पिलाई ?' मतलब वे अपने ही ख़याल में, दुनियादारी से दूर किसी और ही जहान में गुम रहते थे। एक नार्मल ह्यूमन बिईंग होते तो मुझे इस तरह फ़ोन करने को उनके पास समय ही नहीं होता। वे अन्दर से बेहद रिलेक्स्ड थे।

जब मैं 'जूली' के वक़्त गीत लिखवाने के लिए उनके घर पर गया एक तबलची को लिए हुए तो उन्होंने हमें घंटों इन्तज़ार करवाया। चुपचाप लिखते ही जा रहे थे। ठंडी-ठंडी हवा चल रही थी। सुबह का वक़्त था। मगर जब उसके

बाद लिखवाया तब मैं हैरान था कि सब कुछ धुन पर इतना सधा चला आ रहा है कि उसकी एक भी पंक्ति बदली नहीं जा सकती। मैं आज भी 'जूली' के 'दिल क्या करे जब किसी को किसी से प्यार हो जाए...' को ही अपनी ज़िन्दगी का बेस्ट गीत मानता हूँ।

एक दफ़ा का ज़िक्र है। महेश भट्ट की एक फ़िल्म थी 'जुर्म'। जिसके लिए मैंने और महेश भट्ट ने एक सिचुएशन पर उनसे गीत माँगा और उन्होंने कहा, 'कल दूँगा। परसों दूँगा।' और कल-परसों में छह महीने बीत गए। फिर एक दिन आए और बोलने लगे कि, 'ट्यून ही अच्छी नहीं है। दूसरी बनाओ तीसरी बनाओ।' इधर छह महीने गुज़र गए थे। उस दिन मैं अपना टेम्पर लूज़ कर गया। बोला, 'छह महीनों से आप सिर्फ़ ट्यून पर ट्यून ही सुने जा रहे हैं कुछ लिखते क्यूँ नहीं ? लिखिए पहले। बाद में जाँचेंगे कि धुन अच्छी है या बुरी।' मगर उस रोज़ हम दोनों की ही सूई अटकी हुई थी।...और बहस में उस रोज़ मेरी आवाज अंकल के सामने जैसी होनी चाहिए थी उससे हटकर एक दोस्त के हद तक चली गई थी। मैं समझा, वे पता नहीं कैसा रिस्पाण्ड करेंगे। मगर उन्होंने अपना मूड बदल लिया। हँसने लगे। बोले, 'राजू तुम इतने उत्तेजित क्यूँ हो गए भाई ? प्यार से बात करो।' फिर उन्होंने वह फ़िल्म छोड़ दी। फिर उसके लिए इन्दीवर जी ने गीत लिखे। उस सिचुएशन पर गाना इन्दीवर जी ने लिखा—

'जब कोई बात बिगड़ जाए
जब कोई मुश्किल पड़ जाए
तुम देना साथ मेरा
ओ हमनवा...'

मगर उस दिन के आरगुमेन्ट से मैंने हज़ारों लेसन सीखे कि हमें किसी आर्टिस्ट से ज़िद नहीं करनी चाहिए कि वह अपनी रचनात्मक चीज़ों को हमें तत्क्षण दे दे। हो सकता है कि बख़्शी जी सचमुच इस कमाल की सिचुएशन पर कुछ कमाल का लिखने को लम्बा वक़्त चाह रहे हों। ऐसी बातें अक्सर राजकपूर और गीतकार शैलेन्द्र के साथ होती थी। यह एक बड़ी सामान्य-सी बात थी जिसे उस दिन मैं समझ नहीं पाया था।

मगर बख़्शी जी का कमाल देखिए कि वह रियल आर्टिस्ट उस बात को वहीं भूल गया। फिर हमने साथ-साथ और भी फ़िल्में कीं और हमारा म्यूज़िक भी हिट रहा।

—राजेश रोशन

बख़्शी साहब के बिना मैंने उस फ़िल्म का आइडिया ही ड्राप कर दिया

बख़्शी जी बहुत अच्छे सांग राइटर थे और बहुत अच्छे मित्र भी थे हमारे। उनसे मेरी पहली मुलाक़ात आर. डी. बर्मन ने करवाई थी जब मैं 'आराधना' शुरू करने वाला था। 'आराधना' में सचिन दा का म्यूज़िक था। मैंने पंचम (आर.डी. बर्मन) से कहा था कि वे मुझे किसी ऐसे गीतकार का नाम सुझाएँ जिसको मैं सचिनदा के साथ गीत लिखने को कहूँ जिसके पास मेरी कहानी, मेरी सिचुएशंज़ सुनने का समय भी हो एवं समझ भी।

इसके पहले मैंने ओ. पी. नैयर के साथ जब काम किया तो गीतकार मिले थे एस. एच. बिहारी। शंकर जयकिशन के साथ हसरत जयपुरी और शैलेन्द्र जैसे अच्छे दोस्त मिले थे।

ख़ैर, जब आनन्द बख़्शी से मुलाक़ात हुई तो मैंने कहा, 'क्या है बताइए ? कुछ सुनाइए आप।' तो सबसे पहले उन्होंने सुनाया–

'मैंने पूछा चाँद से
कि देखा है कहीं
मेरे यार-सा हसीं
चाँद ने कहा
चाँदनी की क़सम
नहीं नहीं नहीं...'

मैंने कहा, 'आप तो बड़े अच्छे गीतकार हैं। हमारी सिचुएशन सुन लीजिए और कुछ लिखिए।' फिर सचिनदा भी बैठे। बख़्शी जी ने हमें पहला गीत लिखकर दिया–

'ख़ाली इक जाम था दिल मेरा
भर लिया रूप इसमें तेरा...'

मैंने कहा, 'बख़्शी साहब पिक्चर का नाम है 'आराधना'। इसमें 'ख़ाली जाम' जैसी शायरी लाएँगे तो कुछ जमेगा नहीं।' फिर उन्होंने बमुश्किल पाँच मिनट के अन्दर ही चेन्ज करके लिखा–

'कोरा काग़ज़ था ये मन मेरा
लिख दिया नाम इसपे तेरा...'

इस फ़िल्म के सारे गीत सुपर हिट हुए। फिर 'कटी पतंग' के नाम की जब मैंने उद्घोषणा की तो उन्होंने मुखड़ा सुना दिया–

'मेरी ज़िन्दगी है क्या
एक कटी पतंग है...'

इसके बाद मैंने 'अनुराग' की घोषणा की जिसमें आनन्द बख़्शी ही गीत लिख रहे थे। पर एक रोज़ हुआ यूँ कि वे शाम को ऑफ़िस कुछ जल्दी आ गए। परेशान थे। बुदबुदा रहे थे कि, 'यार इतनी दूर बुला लेते हैं और कहते हैं कि गाना पसन्द नहीं आया।' मैंने पूछा, 'कौन-सा गाना है वह।' उन्होंने बताया–

'वो क्या है
इक मन्दिर है
उस मन्दिर में
इक मूरत है
ये मूरत कैसी होती है
तेरी सूरत जैसी होती है...'

मैंने कहा, 'आप परेशान क्यूँ होते हैं ? वह गीत मुझे दे दीजिए। मेरी इस फ़िल्म की नायिका अन्धी है और यह गीत उस पर और हीरो पर एकदम फिट बैठेगा।'

बख़्शी जी को गाने का भी बड़ा शौक़ था। उन्होंने इस गीत को भी गा कर ही मुझे और फिर बाद में सचिनदा को सुनाया था। सचिनदा ने इस गीत की यही धुन रखी जो बख़्शी साहब ने दी थी। जब कई गीतों की धुन मैंने बख़्शी जी को स्वयं बनाते देखी तो मैंने एक दिन उन्हें सौ रुपए साइनिंग अमाउंट दिया और कहा कि, 'आपको मैंने अपनी फ़िल्म के लिए बतौर संगीतकार साईन कर लिया है।'

बख़्शी जी से मुलाक़ात के कुछ ही महीनों बाद से हम गहरे दोस्त बन गए थे। हमारा साथ देने दो और दोस्त आ जाते। पहले पंचम, दूसरे राजेश खन्ना। हम रोज़ शाम को मिलते और मौज-मस्ती करते।

बख़्शी साहब के साथ कम-से-कम अठारह-बीस फ़िल्में कीं। 200-250 गीत बने। बहुत-सी यादें हैं उनसे जुड़ी।

ज़्यादातर गीत आनन्द बख़्शी ने मेरे घर पर ही बैठकर मिनटों में लिखे थे। वे गॉड-गिफ़्टेड थे। 'चिंगारी कोई भड़के...' या 'जिस गली में तेरा घर न हो बालमा...' जैसे गीत उन्होंने सिचुएशन पर नहीं लिखे थे। यूँ ही लिखे थे।

मैं आनन्द बख़्शी को भाईजान-भाईजान कहके बुलाता। सचिनदा उन्हें 'आनन्द बक्षी' कहके बुलाते।...और वे मुझे शक्ति साहब कहकर बुलाते।

आनन्द बक्षरी के तब के गीत अगर आज भी चल रहे हैं तो सिर्फ़ इसी वजह से कि ट्यून के साथ-साथ उन गीतों के बोल भी कमाल के हैं। हमारी फ़िल्मों में मेजर कॉन्ट्रिब्यूशन रहा है उनका।

जब वे बीमार थे तब हर तीसरे-चौथे रोज़ मैं उनसे मिलने जाता था। एक रोज़ मैंने उनको अपनी नई फ़िल्म की कहानी भी सुनाई। वे बेहद ख़ुश हुए; बोले, 'ठीक होते ही गीत लिखूँगा इस फ़िल्म के।' अब जब वे गुज़र गए हैं मैंने उस फ़िल्म का आइडिया ही ड्राप कर दिया है।

आलोचकों की अवधारणा है कि बख़्शी जी ने मेरी फ़िल्मों में अपनी ज़िन्दगी का बेहतरीन काम किया है। सोचता हूँ तो मैं भी यही सोचता हूँ कि 'आराधना' बेहतर थी कि 'अमर प्रेम' बेहतर ? 'अनुराग' बेहतर थी या 'कटी पतंग' ? 'अनुरोध' के गाने अच्छे थे या 'बालिका वधू' के ? 'बरसात की एक रात' के या 'दि ग्रेट गैम्बलर' के ? 'महबूबा' उत्तम थी या 'आवाज़' ?

बख़्शी जी मुझे और मेरी फ़िल्मों को ख़ूब समझते थे तभी तो अपने गीतों के ज़रिए फ़िल्म को उभार दिया करते थे। पर मैं ही उनको समझ नहीं पाया कि कैसे एक मिलिट्री-मैन के मन में इतनी कोमल भावनाएँ छिपी रह सकती हैं ? कैसे वो इतना हसीन शायर भी हो सकता है ?

—शक्ति सामन्त

बख़्शी साहब ने लफ़्ज़ों को इज़्ज़त बख़्शी है

जितनी बुरी कही जाती है
उतनी बुरी नहीं है दुनिया
बच्चों के स्कूल में शायद
तुमसे मिली नहीं है दुनिया

एक दुनिया में हमेशा से कई दुनियाएँ बसी होती हैं। उन दुनियाओं में एक

हमारी भी दुनिया है। ये दुनिया एशिया की दुनिया है जो कई मज़हबों, कई सियासतों, कई रियासतों में बँटी हुई है। ये दुनिया जिसमें कहीं ख़ून है, कहीं जंग है, कहीं नफ़रत है, कहीं अदावत है। ऐसी बुरी और ऐसी नफ़रत और अदावत की दुनिया में जब कोई बिस्मिल्ला ख़ाँ शहनाई बजाता है या भीमसेन जोशी सुर लगाता है या जगजीत सिंह ग़ज़ल गाता है या आनन्द बख़्शी की रचना की कोई बात करता है तो इंसान पर मेरा विश्वास मज़बूत हो जाता है।

बख़्शी साहब बहुत सालों तक गीत लिखते रहे और आज भी उनके गीत बजते हैं। आज का दौर जबकि ज़िन्दगी के हर शोबे में ज़वाल और पतन की मिसालें मिल रही हैं, इस दौर में जबकि लफ़्ज की बेइज़्ज़ती की जा रही है, जबकि लफ़्ज को उसके मीनिंग से अलग किया जा रहा है, मुझे अच्छा लगता है कि ऐसे दौर में बख़्शी साहब ने लफ़्जों की इज़्ज़त भी की, शायरी से मुहब्बत भी की। मैं उन्हें अपनी मोहब्बत पेश करता हूँ। मैं उन्हें अपनी श्रद्धांजलि पेश करता हूँ।

–निदा फ़ाज़ली

मुझे अक्सर चाय पिलाया करते थे बख़्शी जी

मैं जबसे पैदा हुआ हूँ तबसे ही बख़्शी जी का लिखा गाना रेडियो से सुनता आया हूँ। उनके लिखे हरेक गीत में एक बात होती है।

मैं कह नहीं सकता कि मुझे इस बात का कितना फ़ख़्र है कि मैंने बख़्शी जी के लिखे चन्द बेहद हसीन गीत गाए हैं।

बख़्शी जी मुझे अपने बच्चे की तरह प्यार करते थे। हमेशा कहते, 'तुम लाफ़िंग सिंगर हो उदित। इसी तरह हँसते-मुस्कराते रहो।' वे यह भी कहते कि मेरी आवाज़ किसी की नक़ल नहीं है बल्कि ओरिजनल है। वे गीत तो लिखते ही थे, कई गीतों की धुनें भी स्वयं ही बनाते थे और जब उन्हें गवाए जाने की बात होती तो अक्सर वे मेरे नाम की सिफ़ारिश करते कि, 'इन्हें उदित से ही गवाइए।'

'डर', 'दिलवाले दुल्हनिया ले जाएँगे', 'दिल तो पागल है', 'मोहब्बतें', 'त्रिमूर्ति', 'दुश्मन', 'ग़दर—एक प्रेम कथा' जैसी कई फ़िल्मों में मैंने उनके लिखे कई गीत गाए।

अपने घर पर वे अक्सर मुझे चाय पिलाया करते। कहते कि, 'मेरे गीतों की इस ज़माने की आवाज़ तुम ही हो।'

इन दिनों भी 'न तुम जानो न हम', 'मुझसे दोस्ती करोगे' और 'कुछ दिल ने कहा' में मेरी गायकी है तो उनके शब्द।

मैं इन दिनों अमजद अली खाँ के संगीत निर्देशन में बख़्शी जी के लिखे गीतों का अलबम भी कर रहा हूँ। वैसे उनके रहते उनका सबसे आख़िरी गीत गाने का मौक़ा भी मुझे ही मिला है। सुभाष घई की फ़िल्म 'मजनूँ' के लिए—

'मैं कोई बर्फ़ नहीं हूँ
मैं कोई हर्फ़ नहीं हूँ'

बख़्शी जी पर जितनी भी किताबें छपें, कम हैं।

—उदित नारायण

बख़्शी साहब की एक तारीख़ी शख़्सियत थी

अपनी मिसाल खुद थे आनन्द बख़्शी। ख़ुद ही शायर भी थे, ख़ुद ही ग़ज़ल भी थे, ख़ुद ही गीत और संगीत भी थे।

हमलोगों ने साथ-साथ काफ़ी वक़्त गुज़ारा था। यूँ समझिए कि जिस भी महफ़िल में वे तशरीफ़ लाए उस महफ़िल में बहार आ गई। इनकी ज़बान से हर वक़्त शेर-ओ-सुख़न और संगीत के झरने फूट निकलते थे। अल्लाह की बड़ी मेहरबानी थी उन पे।

बख़्शी साहब ! अक्सर आपने महफ़िलों को हुस्न बख़्शा था। हमारे मआशरों को, हमारी तहज़ीब को हुस्न दिया था आपने, अपने फ़िल्मों के गीतों के ज़रिए, अपने कलाम से। आपकी शख़्सियत एक तारीख़ी शख़्सियत थी बख़्शी साहब।

कम ही इंसान आप-से पैदा होते हैं।

वैसे तो फ़ौज में काम किया बख़्शी साहब ने लेकिन थे एक महबूब ही जिनसे हम भी इश्क़ फ़रमा लेते थे। हरअज़ीज़ी भरी पड़ी थी उनमें।

मैं जब भी उनसे मिलता था यही कहता था 'अल्लाह करे ज़ोर-ए-क़लम और ज़ियादा'।

–दिलीप कुमार

बख़्शी जी को सिर्फ़ बख़्शी जी ही रिप्लेस कर सकते थे

जब 1991-92 में फ़िल्म-जगत में हमने एन्ट्री ली तब मजरूह साहब, इंदीवर जी और बख़्शी साहब को छोड़कर गोल्डेन ऐरा के शायरों में से कोई भी जीवित न थे। हमने इन तीनों के संग काम भी किया। मगर इनमें बख़्शी जी प्रोड्यूसर की बयाँ की गई रिक्वॉयरमेंट को इतना अच्छा पढ़ लेते थे कि क्या कहें आपसे। प्रोड्यूसर एकदम सन्तुष्ट होकर जाते थे उनके पास से। वरना राइटरों की प्रोड्यूसरों से लड़ाई यहाँ आम है। मैंने उनकी इसी ख़ूबी को वह आधार माना है जिससे उन्होंने 45-50 वर्षों तक यहाँ राज किया।

'रिर्टन ऑफ ज्वेल थीफ़' हमारी साथ-साथ की पहली फ़िल्म थी। हम तो जोश में थे पर बख़्शी साहब थे होश में। उन्होंने न सिर्फ़ हमें बल्कि फ़िल्म के डॉयरेक्टर को भी कह दिया, 'फ़िल्म करैक्ट बन नहीं रही है।'

वे कहते थे कि असल चीज़ गीत नहीं होती असल चीज़ होती है सिचुएशन। सिचुएशन ही गीत लिखवाती है। सिचुएशन दमदार हो तो फिर गीत भी खिल उठता है। वे अपनी फ़िल्म 'खिलौना' का ज़िक्र करते हुए कहते कि–'खिलौना जानकर तुम तो मेरा दिल तोड़ जाते हो' इसीलिए अच्छा बन पड़ा क्योंकि संजीव कुमार सिर्फ़ एक पागल और तड़पते हुए आशिक़ ही नहीं थे बल्कि एक शायर भी थे।

...तो, यूँ तो हमने उनके साथ सिर्फ़ आधी दर्जन फ़िल्में ही की मगर सीखा काफ़ी, बहुत। वे बहुत गहरे तरीक़े से म्यूज़िक की रबिश पहचान लेते थे। एकदम

गहरे उतर जाते गीतों के सागर में। .खुद गाते भी थे सो अच्छी ट्यून पर लिखने को तुरन्त आमादा हो जाते थे। 'दिलवाले दुल्हनिया ले जाएँगे' के वक़्त कुछ ऐसा ही हुआ था। उन्हें धुनें पसन्द आती गईं और उन्होंने पचास-साठ गुणा ज़्यादा मेहनत की गीत लिखने में। 'मोहब्बतें' में भी यही हुआ। जिस भी फ़िल्म प्रोडक्शन हाऊस के लिए एक बार लिखा, उनसे बार-बार लिखवाने की गुज़ारिश की गई। बख़्शी जी को सिर्फ़ बख़्शी जी ही रिप्लेस कर सकते थे।

सारे म्यूज़िक डॉयरेक्टरों को उनके ही घर जाना पड़ता था और सब उनके दौलतख़ाने से सैटिस्फ़ॉइड होकर ही वापस आते थे। उनसे कोई भी गीत ज़्यादा से ज़्यादा दो घंटों में मुक्कमल हो जाया करता था। अगर मान लीजिए नहीं होता तब वे कहते, 'कल ले लीजिएगा।'

पोयट्री के किसी भी डिपार्टमेंट में वे पीछे नहीं रहे, चाहे फ़िल्मी पोयट्री हो या अदबी-पोयट्री। हम बहुत .खुशक़िस्मत मानते हैं अपने-आपको कि हमें उनके साथ काम करने का मौक़ा मिला।

सप्ताह में एक बार फ़ोन आता था उनका। कहते थे, 'अरे तुमलोग फोन-वोन नहीं करते ? कहाँ हो तुमलोग ?' कभी-कभी जब हम किसी शब्द पर अड़ जाते तो प्यार से कहते, 'तुम दोनों भाई एक दिन आओ मेरे पास। हम लोग पीते हैं ख़ूब। फिर मैं तुम दोनों को समझाता हूँ फ़िल्म-इंडस्ट्री है क्या ?'

'दिल क्या करे' की भी उनकी संगत याद आती है हमें।

बख़्शी साहब की पोयट्री कनवेन्शनल पोयट्री थी। उनको ना कहने वाले वही होते थे जिनकी कोई औक़ात होती थी। वे डॉयरेक्टर की शकल ही से पहचान जाते थे कि फ़िल्म कैसी बनने वाली है। उन्होंने एक बार राज साहब से भी ('वॉबी' के दौरान) कह डाला था कि यह सिचुएशन गलत है पर राज साहब माने नहीं थे। उन्होंने कहा, 'आप अपना काम कीजिए न ? मुझे अपना करने दीजिए।' मगर अन्त में राज साहब को वह गीत शूट करने के बाद निकालना पड़ा था।

गाने में वे एक 'हुक' डालते थे जिससे गीत बार-बार गुनगुनाया जा सकने वाला बने।

हमने उन्हें कभी उदास नहीं देखा। हमने उन्हें कभी किसी शायर का दीवान पढ़ते भी नहीं देखा। उनकी एक अपनी ही किताब (कॉपी) होती थी जिसमें वे लिखते रहते थे।

उनमें सिर्फ़ अच्छाइयाँ ही अच्छाइयाँ थीं बुराइयाँ नहीं। ज़िद्दी भी नहीं थे वे। लिखी पंक्तियाँ बदल भी देते थे।...बस शराब पीना, पान खाना वग़ैरह छोड़

देते वे तो कितना अच्छा होता !

उन्हें पता था उनके टक्कर का शायर इंडस्ट्री में कोई नहीं है। हम बहुत मिस करते हैं उन्हें।

–जतिन ललित

आपने तो मुझे अमर कर दिया बख़्शी जी

जो अपने गीतों में अपनी ज़िन्दगी की कहानियाँ बयाँ करते थे उस आनन्द बख़्शी के लिखे कुछ गीत मैंने भी गाए हैं परदे पे। जैसे–'कुछ तो लोग कहेंगे लोगों का काम है कहना/छोड़ो बेकार की बातों में कहीं बीत न जाए रैना... (अमर प्रेम), 'चिंगारी कोई भड़के तो सावन उसे बुझाए/सावन जो अगन लगाए उसे कौन बुझाए...' (अमर प्रेम), 'जिस गली में तेरा घर न हो बालमा/उस गली से हमें तो गुज़रना नहीं...' (कटी पतंग), 'प्यार दीवाना होता है मस्ताना होता है/हर .ख़ुशी से हर ग़म से बेगाना होता है...' (कटी पतंग), 'कोरा काग़ज़ था ये मन मेरा/लिख दिया नाम उसपे तेरा...' (आराधना), 'मेरे सपनों की रानी कब आएगी तू/आई रुत मस्तानी कब आएगी तू...' (आराधना), 'ख़िज़ाँ के फूल पे आती कभी बहार नहीं/मेरे नसीब में अय दोस्त तेरा प्यार नहीं...' (दो दोस्त), वादा तेरा वादा...'(दुश्मन), 'रोना कभी नहीं रोना/चाहे टूट जाए कोई खिलौना...' (अपना देश), 'मैं शायर बदनाम/महफ़िल से नाकाम...' (नमक हराम), 'नदिया से दरिया/दरिया से सागर...' (नमक हराम); 'जब दर्द नहीं था सीने में/तब ख़ाक मज़ा था जीने में...' (अनुरोध), 'इक अजनबी हसीना से यूँ मुलाक़ात हो गई/फिर क्या हुआ ये न पूछो कुछ ऐसी बात हो गई...' (अजनबी), 'मेरे नयना सावन भादो/फिर भी मेरा मन प्यासा...' (महबूबा), 'ये लाल रंग कब मुझे छोड़ेगा/तेरा ग़म कब तलक मेरा दिल तोड़ेगा...' (प्रेमनगर), 'नाच मेरी बुलबुल कि पैसा मिलेगा/कहाँ क़दरदान तुम्हें ऐसा मिलेगा...' (रोटी), 'गोरे रंग पे न इतना गुमान कर/गोरा रंग दो दिन में ढल जाएगा...' (रोटी), 'दिल में आग लगाए सावन का महीना/नहीं जीना नहीं जीना तेरे बिन नहीं जीना...' (अलग-अलग) वग़ैरह-वग़ैरह।

मगर ये क्या ? ये तो बख़्शी साहब से उनकी नहीं मेरी ही दास्तान-ए-ज़िन्दगी बयाँ हो गई। आपने तो मुझे अमर कर दिया बख़्शी जी।

–राजेश खन्ना

उनके गीत सिर्फ़ गीत ही नहीं होते थे

मेरी फ़िल्मों में अमूमन गीत होते नहीं हैं और ऐसे में मैं मिलने जा रहा हूँ अपनी नई फ़िल्म 'दिल क्या करे' के गीतों के लिए महान गीतकार आनन्द बख़्शी से। ज़रा सोचिए मेरे दिल की हालत !

बहरहाल जब मुलाक़ात हुई, बात हुई तो यही लगा कि इस शख़्स का बचपना अभी है इसमें, सोचने की कौतुहलता समाप्त नहीं हुई है।

मैं अपने गीत उनको ठीक से समझा नहीं पाता था कि ऐसे नहीं ऐसे चाहिए। मेरी समझ कम थी। लेकिन जैसे कोई विद्वान एक भाषा न जानने वाले को दस तरीक़े से समझाता है न कि यह नहीं मैं यह कह रहा हूँ, बख़्शी साहब भी कुछ इसी तरह से मेरे साथ पेश आते। इतना बड़ा ज्ञान-सागर था बख़्शी जी के पास।

बड़ी सहजता से लिखा था उन्होंने 'दिल क्या करे' का वह गीत–

'प्यार के लिए चार पल कम नहीं थे/कभी तुम नहीं थे कभी हम नहीं थे–'

मैंने जैसा समझाया था उससे बहुत-बहुत बेहतर गीत लिखा था उन्होंने।

यह बख़्शी साहब की ख़ूबसूरती थी कि उनके गीत सिर्फ़ गीत नहीं होते थे। वे तो एक गहरी बात या गहरी कहानी होते थे जो गहरे पैठ जाते थे हमारे दिलों में। मेरी दूसरी फ़िल्म थी उनके साथ 'राहुल' जिसके गीत भी बेमिसाल थे।

जब भी उनके साथ सिटिंग होनेवाली होती थी मैं दो रोज़ पहले ही से रोमांचित हो जाता था। कभी थकते नहीं थे। यह नहीं तो वह सुनाते। ताने देते, 'सुभाष घई को तो मैंने कभी दूसरा मुखड़ा नहीं दिया, तुम्हें दे रहा हूँ।'

...और मैं कहता, 'मैं संगीत का एक कमज़ोर विद्यार्थी हूँ बख़्शी साहब, इस बात को समझा जाए।'

–प्रकाश झा

उन-सा कोई और दिख तो नहीं रहा है

अक्सर फ़िल्म-इंडस्ट्री के बारे में कहा जाता है कि शोहरत के बाद इंसान सेंस ऑफ़ मैनेजमेंट खो देता है। यह ज़्यादातर सच साबित होता है यहाँ के लोगों के साथ। मगर एक शख़्स थे जिन्होंने इस धारणा को ग़लत साबित कर के दिखाया था।...और वे थे आनन्द बख़्शी साहब।

वे हमेशा कहा करते थे कि जो सीरियस काम है उन्हें हँसते-खेलते करना चाहिए और जो हँसने-खेलनेवाले काम हैं उन्हें गम्भीरता से बच्चों की तरह। जैसे बच्चे खेलकूद को कितना सीरियसली लेते हैं।

आपकी दी गई सिचुएशन को वे जिस सादगी से इंटरप्रेट करते थे कि हम-आप उसकी कल्पना भी नहीं कर सकते हैं। कभी-कभी आपकी फ़िल्म के ड्रॉमैक्टिक वैल्यूज़ उनके गीतों से ही सही तरीक़े से प्रकट हो पाते थे। और हमने इस बात को अपने गुरु राज खोसला के साथ काम करते वक़्त ही ग़ौर किया था। खोसला साहब की कई फ़िल्मों में बख़्शी साहब के गीत थे। फिर जब मुझे 'नाम' में उनके साथ काम करने का मौक़ा मिला तब भी ग़ौर किया। 'नाम' में बख़्शी जी ने लिखा था, 'चिट्ठी आई है...'। इस एक गीत की वजह से फ़िल्म सिल्वर जुबली से गोल्डेन जुबली हो गई और गीत 'अमीरों की शाम ग़रीबों के नाम...' में उस सीन का ड्रॉमैटिक वैल्यू गीत की वजह से और निखरा।

आज भी हिन्दुस्तान के बाहरं मेरी पहचान इसी 'चिट्ठी आई है...?' गीत से है। जब यह गीत लिखा गया तो राजेन्द्र कुमार साहब थोड़े नाखुश थे क्योंकि गीत 'मुखड़ा-अन्तरा फॉर्मेट' से अलग था। मगर बख़्शी साहब तो ऐक्सपेरीमेन्टेशन के दीवाने थे। वे कहते थे, 'बात सीधी तरह से कहना ही तो किसी भी कलाकार की असल पहचान होती है।'

अपने आपको तो उन्होंने कभी शायर कहा भी नहीं, माना भी नहीं। न शायरों के साथ उठने-बैठने की कभी कोशिश ही की उन्होंने। उस भीड़ से हमेशा अलग रखा अपने-आपको।

पाँच हज़ार गीत लिख लेना इस धन्धे में खेल है क्या ? जहाँ पर ज़िन्दगी भर ऐड़ियाँ रगड़कर कोई शख़्स दस गीत भी नहीं लिख पाता, यह अपने-आप में टैलेंट का एक नायाब उदाहरण नहीं तो और क्या है ?

बहुत ही सँभले हुए और प्रैक्टिकल इंसान थे बख़्शी जी। एक गीत के कई

अन्तरे लिखते थे बख़्शी जी। 'ज़ख़्म' में उन्होंने आख़िरी बार मेरे लिए गीत लिखा था—

'तुम आए तो आया मुझे याद/गली में आज चाँद निकला...'

ईद का दिन आता नहीं कि ये गीत बजता है। यह गीत सिर्फ़ आनन्द बख़्शी ही लिख सकते थे कोई और नहीं।

बख़्शी जी के लिखे 5000 गीत आज हिन्दुस्तानियों के ज़हन में गूँज रहे हैं और इस तरह बख़्शी जी आज भी ज़िन्दा हैं और ज़िन्दा ही रहेंगे। क्योंकि आदमी अपने काम ही से तो ज़िन्दा रहता है।

बहुत महान जेस्चर दिखाया था एक बार उन्होंने। हमारी एक फ़िल्म थी 'क़ब्ज़ा'। जिसमें राजेश रोशन का म्यूज़िक था और बख़्शी साहब के गीत। फ़िल्म नाकामयाब हुई थी। मगर इसके बाद भी 'जुर्म' में हम तीनों साथ-साथ थे। बख़्शी साहब एक नई ऊर्जा लेकर आए थे कि इस दफ़ा कुछ ख़ास करेंगे। मगर उनकी स्टाइल के साथ राजेश रोशन ज़रा अनकम्फर्टेबल हो गए थे। उन्होंने कहा, 'देखिए बख़्शी साहब। पिछली फ़िल्म में जैसा आपने कहा था वैसा ही हुआ था मगर म्यूज़िक एप्रीसिएट नहीं हुआ। ऐसा ही इस दफ़ा भी होगा तो मेरी ही बदनामी होगी। आपके पास तो दस फ़िल्में हैं...।' माहौल में थोड़ी बदमज़गी हो गई। एक सन्नाटा-सा छा गया तो वे उठ के चल दिए। मैंने कहा, 'चलिए लौटिए भी बख़्शी साहब। होता है।' पर उनका जवाब था, 'मैं बड़ा हूँ। मेरी बात सुनिए। आप किसी और गीतकार को ले लीजिए। मेरे पास तो काफ़ी काम है। इस लड़के (राजेश रोशन) के पास काम नहीं है इसे रखिए।'

वे चाहते तो कहते कि राजेश रोशन को ड्रॉप कर दो मगर उन्होंने कहा, 'राजेश मेरे दोस्त रोशन साहब के बेटे हैं और मैं अपने दोस्त के बेटे के साथ ऐसी बदसलूक़ी नहीं कर सकता।'

तो यह था उनका क़द। आदमी ऐसे जेस्चर ही से तो पहचाना जाता है। बाक़ी तालियों से, वाह वाह से, अवार्डों से क्या होता है ?

शायर बहुत बद्दिमाग़ भी होता है। उसका अहंकार पैसे वालों से भी ज़्यादा होता है। वह अपने आपको बहुत बड़ा मानता है। मगर बख़्शी जी सिम्पल थे और इसीलिए ग्रेट थे। वे मुझे महेश जी कहते थे और मैं उन्हें बख़्शी जी।

कुछ लोग कहते हैं कि बख़्शी साहब के जाने से एक वैक्यूम-सा आ गया गीत-लेखन में। मैं ऐसे किसी वैक्यूम को नहीं मानता हूँ जीवन में। मगर हाँ, उन जैसा कोई दिख तो नहीं रहा।

बख़्शी जी को सोचता हूँ तो इसी निष्कर्ष पर पहुँचता हूँ कि इन्हें तो विदेश

में पैदा होना चाहिए था फिर इन्हें वे सारे अवार्ड मिलते जो राष्ट्र के प्रमुख अवार्ड होते हैं। यहाँ तो बख़्शी जी ने सौ करोड़ लोगों का सालों मनोरंजन किया मगर क्या हुआ ? सम्मानित तो वे हुए और हो रहे हैं जो पाँच सौ का मनोरंजन करते हैं। बख़्शी जी के परिप्रेक्ष्य में मैं लानत भेजता हूँ समाज के ऐसे मापदण्ड पे।

—महेश भट्ट

दो लफ़्ज़ों की है दिल की कहानी...

चाहे मजरूह सुल्तानपुरी हों या साहिर लुधियानवी, चाहे शकील बदायूँनी हों या शैलेन्द्र—इन सबों ने फ़िल्मी लिखा तो इल्मी भी। पर ग़ौर करनेवाली बात यह भी है कि इन सारे शायरों को इल्मी ज़्यादा और फ़िल्मी कम माना गया।

एक ही ऐसे शायर थे—आनन्द बख़्शी, जिन्हें सिर्फ़ और सिर्फ़ फ़िल्मी माना गया और मज़े की बात तो यह है कि उन्होंने कभी इल्मी बनने की कोशिश भी नहीं की बल्कि भागते रहे दूर इल्मी बनने से।

वैसे मैंने उपर्युक्त सारे शायरों के लिखे एक से एक गीत गाए हैं।

मगर पिछले 20 सालों से ग़ौर कर रही हूँ कि जिन गीतों की फ़रमाइश मेरे स्टेज परफ़ॉरमेंसेज़ में ज़्यादा हुई उनमें 50 प्रतिशत से ज़्यादा अकेले बख़्शी साहब के ही लिखे हुए हैं, जैसे—'मेरा नाम है शबनम...' (कटी पतंग), 'दम मारो दम...' (हरे रामा हरे कृष्ण); 'कोई शहरी बाबू दिल लहरी बाबू...' (लोफ़र), 'ओ साथी चल...' (सीता और गीता), 'जब अँधेरा होता है...' (राजा रानी), 'भीगा बदन जलने लगा...' (अब्दुल्ला), 'दो लफ़्ज़ों की है दिल की कहानी...' (दी ग्रेट गैम्बलर); वग़ैरह, वग़ैरह।

मैं बख़्शी जी को इस रूप में भी जानती थी कि वे मेरे पति के बड़े गहरे दोस्त थे।

—आशा भोंसले

मेरे बाएँ लक्ष्मी बैठे हैं तो दाएँ बख़्शी जी

आप उस मनुष्य के बारे में मुझे शब्द गढ़ने को कह रहे हैं जो सिर्फ़ मेरे लिए बनाया गया था ? यह एक तकलीफ़देह ही नहीं, दुष्कर कार्य भी है।

मैं, लक्ष्मी (कान्त) और बख़्शी साहब तीन जिस्म एक जान नहीं बल्कि एक जिस्म एक जान थे। हम हँसे तो साथ-साथ, रोये तो साथ-साथ।

हम फ़िल्मफ़ेयर की उस रात संग-संग ही तो थे जब 'मिलन' के संगीत को तो पुरस्कृत किया गया था पर गीत को नहीं। मगर जब सैलिब्रेशन मनाया गया तो बख़्शी साहब को बाँहों में भरकर ही। हमने उस रात फ़िल्मफ़ेयर की उस परम्परा को जी भरके कोसा कि जब संगीत और शब्द मिलकर ही एक गीत बनता है तब यह पुरस्कार अलग-अलग गीतों के लिए अलग-अलग गीतकार और संगीतकार को क्यों दिया जाता है।...और जो आज तक चल रहा है।

ख़ैर, लक्ष्मी के साथ बख़्शी का याराना थोड़ा ज़्यादा ही बेतक्कलुफ़ था। रात दारू पीकर लड़ते, सुबह दोस्त बन जाते। पत्र-पत्रिकाओं ने तो दोनों को पति-पत्नी की संज्ञा से नवाज़ा हुआ था।

शुरू-शुरू में तो लक्ष्मी-प्यारे का वर्क मजरूह सुल्तानपुरी, असद भोपाली और राजेन्द्र कृष्ण जैसे शायरों के संग भी हुआ था मगर एक बार जो बख़्शी जी ने एन्ट्री मारी तो फिर आख़िरी दम तक साथ निभाया।

सिर्फ़ ख़ून के रिश्ते ही रिश्ते होते हैं, ग़लत बात है। मैंने तो यही जाना है कि रिश्ते कर्मों के ज़रिए बनते जाते हैं।...और यह बात हम तीनों ने ख़ूब महसूस की अपनी ज़िन्दगी में। बड़ी से बड़ी आँधियों ने हमें डिगाने की कोशिशें कीं मगर आँधियाँ बिखरीं, हम नहीं। हम रोज़ के सुख-दुख बाँटने वालों में से थे। हम तो हर रोज़ और ज़्यादा जुड़ते ही जाते थे।

बख़्शी जी की शायरी पर किसी प्रोड्यूसर-डॉयरेक्टर को आपत्ति होती तो बख़्शी जी से पहले हम फ़िल्म छोड़ देते। जिस निर्माता-निर्देशक को बख़्शी जी चाहिए हो मगर लक्ष्मी-प्यारे नहीं उस फ़िल्म को वे छोड़ते।

क्या ही मज़ा आता अगर मुझे उनका (बख़्शी जी) क़िस्सा कोई उनके समक्ष ही सुनाने को कहता। ख़ैर, इतना ही कहूँगा कि जो यह कहते हैं कि लक्ष्मी और

बख़्शी अब गुज़र गए हैं, वे ग़लत कहते हैं। ग़ौर से अगर आप देखें तो पाएँगे कि मेरे बाएँ लक्ष्मी बैठे हैं तो दाएँ बख़्शी जी।

–प्यारेलाल (लक्ष्मीकान्त)

बख़्शी साहब एक रोबस्ट फ्रेंड थे

बख़्शी जी की याद जब तनहाइयों में ज़ेहन में आती है तब एक तो बड़े .खुशनुमा दोस्त की याद आती है।...मुस्कराता हुआ, अच्छा दोस्त, हौसलेवाला दोस्त...तगड़ा दोस्त। मतलब...रोबस्ट...जिसे कह सकते हैं...हाँ...(Robust) रोबस्ट फ्रेंड इज़ द राइट ऐक्सप्रेशन। इसीलिए कि मुसलसल और बाक़ायदा मिलते थे...और पंचम के यहाँ मिलते थे। ज़्यादातर गाने पंचम के वो ही लिखते थे...तो इसलिए वहाँ मुलाक़ात होती रहती थी हमेशा ही। पर यू नो he has robust attudude towords his life, robust attitude towards his friends and robust attitude towards his writing also...और वो उनके गानों में भी झलकता है। वो जानदारी, वो दिलदारी उनके गानों में भी झलकती है।

बहुत डेलीकेट जो गाने हैं उनके, वो 'अमर-प्रेम' के हैं, जो हम कभी भूल नहीं पाते, मेरे हिसाब से। वो एक कमाल का चैप्टर है। बख़्शी साहब का हाई वाज़ 'अमर प्रेम'। मेरी choice में वो बेहतरीन गाने हैं।

फिर ये है कि फ़िल्मों के अलावा भी उनकी नज़्में, उनकी ग़ज़लें शाया होती रहीं...ख़ासतौर पर 'इन्साँ' जो कलकत्ता की मैगज़ीन है उसमें पढ़ते थे हम उनको।...कभी-कभी कोई चीज़ मेरी पढ़ ली छपी हुई तो भी ज़िक्र करते थे वो, फ़ोन कर लेते थे।

हालाँकि फ़िल्म ही बड़ा दायरा था उनका लेकिन ये कि उसके बाहर भी लिखते रहे वो।

गुलज़ार ही कहकर बुलाते थे वो मुझे और मैं उनको बख़्शी साहब ही कहता था।...मतलब मैं कभी उनको आनन्द कहूँ, इतनी बेतकल्लुफ़ी कभी नहीं बरती क्योंकि मुझे हमेशा लगा कि वो मेरे senior हैं और मैंने उन्हें हमेशा senior

ही की तरह एहतराम किया। बल्कि अक्सर फक्शंज़ (Functions) में भी मैंने इस बात का ख़्याल रखा कि वो बहुत ही पाप्यूलर सांग राइटर हैं और उनके नम्बर ऑफ़ सांग्ज़ (Songs) बेइंतहा हैं तो मैं क्यूँ न उनकी इज़्ज़त करूँ।

...और हाँ हमारे रिश्ते कितने गहरे थे इसका अंदाज़ा आप यूँ भी लगा सकते हैं कि हम दोनों के फ़ीज़ीशीयन भी एक ही थे।...और अक्सर हम लोग एक दूसरे की सेहत के बारे में फ़िक्रमंद होते, कन्सर्न्ड (Concerned) होते।

—गुलज़ार

आनन्द बख़्शी के गीतों की सरलता उनकी स्तरीयता को बढ़ाती है

आनन्द बख़्शी के चुने हुए गीतों के संकलन-कर्त्ता विजय अकेला से मेरा परिचय काफ़ी पहले हुआ था। उन दिनों मेरी फ़िल्म 'सर' रिजीज़ हुई थी। फ़िल्म के सम्पूर्ण हो जाने के बाद मैं एक और फ़िल्म के लेखन-कार्य में व्यस्त हो गया था। जब 'सर' के पात्र और घटनाक्रम मेरे दिमाग़ से लगभग निकल चुके थे तब सिनेमा-घरों में फ़िल्म 'सर' दर्शकों और पत्रकारों का ध्यान अपनी ओर आकर्षित कर रही थी। इसी दौरान एक फ़ोन कॉल के ज़रिए विजय अकेला ने मुझसे सम्पर्क किया। वे 'जी' पत्रिका के लिए मेरा इंटरव्यू लेना चाहते थे। विजय के साथ मेरी पहली मुलाक़ात का सन्दर्भ यही था।

इस पहले परिचय के बाद मुलाक़ातों का सिलसिला चल निकला। धीरे-धीरे विजय अकेला के व्यक्तित्व के कई पक्षों से मेरा परिचय होने लगा। मुझे पता लगा कि विजय अकेला पत्रकार ही नहीं, गीतकार, अभिनेता, लेखक, रेडियो प्रसारक और नुक्कड़ नाटकों के निर्देशक भी हैं। उर्दू कविता का उन्होंने देवनागरी लिपि में व्यापक अध्ययन किया है। अपने लिखे हुए गीत वे मुझे अक्सर सुनाते रहे हैं। कुछ लम्बी नज़्में भी उन्होंने कही हैं। 'कहो ना...प्यार है' फ़िल्म के साथ ही उनके कैरियर ने एक नई करवट ली है। राजेश रौशन के संगीत निर्देशन में उन्होंने एक गीत लिखा...'इक पल का जीना/फिर तो है जाना...'। गीत लकी

अली ने गाया। कहना ज़रूरी नहीं है कि गीत बहुत लोकप्रिय हुआ। तब से विजय अकेला फ़िल्मों और एलबमों के गीत लिखने में काफ़ी व्यस्त हो गए।

इसीलिए यह बात काफ़ी उल्लेखनीय हो जाती है कि अपनी रचनात्मक व्यस्तता विजय को आनन्द बख़्शी की रचनात्मक प्रतिभा के आकलन से नहीं रोक पाई। बड़ी मेहनत से विजय ने आनन्द बख़्शी के जीवन काल में ही उनके चुने हुए गीतों का संकलन तैयार कर लिया। यहाँ यह स्पष्ट कर देना ज़रूरी है कि हमारे यहाँ हिन्दी में प्रगीत या लिरिक की जिस विद्या की अलग पहचान बनी है, फ़िल्म का गीत लेखन उससे बहुत भिन्न है। 'साहित्य', 'काव्य' और 'प्रगीत' की उच्चता पर गर्व करनेवाले कुछ लोग फ़िल्मी गीत-लेखन को काफ़ी हेय दृष्टि से देखते हैं। उसे एक रचनात्मक विद्या के रूप में स्वीकार ही नहीं करते। ऐसे 'कुलीनता वादियों' को यह बता देना ज़रूरी है कि फ़िल्म का गीत-लेखन हमारे लोक गीतों की तरह का गीत-लेखन हैं। गहरे से गहरे भाव को बहुत ही आसान भाषा में जीवन पर आधारित बिम्बों के माध्यम से कह देना एक बहुत ही मुश्किल और कलात्मक काम है। फ़िल्म की दुनिया में साहिर, शैलेन्द्र, कैफ़ी आज़मी मजरूह सुल्तानपुरी, प्रदीप, पं. नरेन्द्र शर्मा वग़ैरा ने फ़िल्म के गीतों के रूप में जो कुछ किया, वह किसी भी स्तरीय साहित्यिक लेखन से कम नहीं है। निश्चिय ही आनन्द बख़्शी इसी महान परम्परा के एक बहुत ही प्रभावशाली गीतकार थे। उनके गीतों की सरलता, उनकी उच्च साहित्यिकता और स्तरीयता को बढ़ाती है, कम नहीं करती। उनके एक शुरुआती गीत की ये दो पंक्तियाँ मुझे हमेशा याद रहती हैं...'यहाँ मैं अजनबी हूँ मैं जो हूँ बस वो ही हूँ...' उनका 'चिट्ठी आई है...' गीत भी सरलता और उच्च साहित्यिकता का बड़ा दुर्लभ संकलन है।

हमारी अपनी रचनात्मकता हमारी गुण-ग्राहकता को बढ़ाती है। यही वजह है कि विजय अकेला आनन्द बख़्शी की रचनात्मक प्रतिभा से प्रभावित होने से अपने आपको नहीं रोक पाए। अनेक कठिनाइयों का सामना करते हुए उन्होंने इस संकलन का कार्य आख़िर पूरा कर लिया। आनन्द बख़्शी के ये चुने गीत अगर बख़्शी साहब की उपलब्धि हैं, तो यह संकलन विजय अकेला की उपलब्धि है, इसमें शक़ की कोई गुंजाइश नहीं।

इस कष्ट साध्य काम को पूरा कर डालने के लिए विजय अकेला को बधाई देना ज़रूरी है। इससे उनकी अपनी रचनात्मकता को भी बल मिलेगा, इसमें कोई शक़ नहीं होना चाहिए।

–जगदम्बा प्रसाद दीक्षित

शायर ख़ुशनाम के प्रति

गद्य और पद्य लेखन में ज्येष्ठ है गद्य, क्योंकि कोई भी पद्य या कविता ऐसी नहीं हो सकती जिसकी कोई कथा न हो। और इनमें श्रेष्ठ है पद्य। यह निरर्थक शब्दजाल नहीं है, बल्कि यह स्थापना है कि प्रिय और श्रेष्ठ के दायित्व के लिए ही ज्येष्ठ का दायित्व है। यूँ कहें पानी ज्येष्ठ है, शर्बत आदि उसकी ज्येष्ठ के द्वारा निर्मित-संवहित हैं; या कहें गाय है माता-पिता, दूध है कविता-सन्तान। अतएव रक्षणीय है, प्रदर्शनीय है, उद्दिष्ट है कविता।

सिनेमा हमारे युग का एक सर्वश्रेष्ठ कलासंपुंज है जिस एक माध्यम में प्रायः सारी कला-सामग्री समोयी होती है। देश-दुनिया की सर्वश्रेष्ठ प्रतिभाएँ उस सिनेमा कला में जुटी होती हैं, जुटना चाहती हैं। वह खेल, नृत्य, गायन कला आदि से जुड़े लोग हों या लेखन-रेखन से। एक बचपन से हम सुनते हैं फ़लाँ की कहानी और फ़लाँ से प्रभावित होकर फ़िल्मों के निर्देशक तक उन्हें आमंत्रित करने हवाई जहाज़ से आ पहुँचे। सिनेमावाले लोगों तक का पहुँच जाना कला और कलाकारिता के लिए श्रेष्ठता का प्रमाण होती रही हैं या सिनेमा जगत के महत्व का सम्मान है।

आनन्द बख़्शी अपनी श्रेष्ठ गीति-रचनाओं के लिए सिनेमा के ''ख़ुशनाम शायर'' हैं। इस 'मैं शायर बदनाम' में संकलित उनके 151 गीत एक प्रकार से उतनी ही आत्मकथाएँ हैं। इन गीतों को गा-सुनकर न जाने कितने लोगों ने अपना व्यक्तित्व निर्मित किया है, जीवनशैली और जीवनविधान रचाा है। यहाँ गद्य की ज्येष्ठता और काव्य की श्रेष्ठता स्मरण कर लेना ठीक रहेगा।

श्री विजय अकेला ने इन गीतों और महती आत्मकथाओं को संकलित कर एक अभूतपूर्व ग्रन्थ की रचना की है—इसमें सन्देह नहीं। और उससे अधिक महत्व का काम हिन्दी के सर्वश्रेष्ठ-प्राय स्थापित राजकमल प्रकाशन ने किया है, इस ग्रन्थ का प्रकाशन कर।

एक ऐसी स्थिति में जब सिनेमा लेखन को प्रायः दोयम दर्ज़े का लेखन प्रचारित किया जाता है और साहित्यिक दृष्टि से इस लेखन को कमतर समझा जाता है, इस ग्रन्थ का प्रकाशन ऐतिहासिक महत्व का है।

आनन्द बख़्शी का गीत लेखन उनके कवि और शायर होने के मध्य प्रतिष्ठित फ़िल्म गीतकार की हैसियत है। वे शुद्ध गीतकार और सटीक फ़िल्म गीतकार

हैं जिसमें वातावरण और कथा की सम्पूर्ण ऊर्जा के साथ परकाया-प्रवेश की सिद्धि है। और आनन्द बख़्शी अपने गीतों के इस मान्त्रिक क्षमता के परम ऋषि-योगी हैं। उनके गीत जिस पात्र के लिए हुए उसमें प्राणप्रतिष्ठा स्वरूप आनन्द बख़्शी शामिल हुए। हाथी से खेलनेवाला नायक, ट्रक ड्राइवर, जीवन से निराश पिता, अपना अहोभाव लुटाती माता और अपने गुब्बारों के साथ चहकता बच्चा—सब आनन्द बख़्शी हैं। बख़्शी शब्द भी बख़्शीश शब्द से मिलता-जुलता शब्द है। बख़्शी कहते थे सैनिकों को वेतन बाँटनेवालों को यानी बख़्शी ने, आनन्द बख़्शी ने हर हाल अपने को बाँटा है। बख़्शी जैसे ही सिने-गीत के पूर्वज पुरोधा स्तरीय व्यक्तित्वों की गरिमा है जिससे, एक लड़की को देखा तो ऐसा लगा...जैसे रेशमी एहसास की आधुनिकता सम्वेदनाओं वाले गीत और गीतकार हिन्दी सिनेमा को गौरवशाली स्थान दिलाने में सक्षम हुए हैं। यहाँ ध्यान देने योग्य एक बात यह भी है कि साहिर लुधियानवी जैसे अमर साहित्यकार शायरों ने भी सिनेमा को सँवारा है। लेकिन 'प्यासा' के प्रख्यात गीत—'जिन्हें नाज़ था हिन्द पे वो कहाँ हैं...' की पहली पंक्ति 'तल्ख़ियाँ' पुस्तक से उठाकर 'प्यासा' में गीत बनाने के लिए 'सना-ख़्वाने तक़्दीसे—मश्रिक कहाँ है'...जिसकी ज़रूरत नहीं थी। ड्रॉप कर देनी पड़ी। निश्चिय ही आनन्द बख़्शी और अनेक सिने गीतकारों पर और बड़े-बड़े काम होने बाक़ी हैं। अतएव 'मैं शायर बदनाम' की पहल के लिए श्री विजय अकेला और राजकमल प्रकाशन का स्वागत करता हूँ।

इत्यलम् !

—श्री काशीनाथ पाण्डेय

आनन्द बख़्शी

हवाओं के लबों से बहते झरने गुनगुनाएँगे
सुरों को साज़ को आनन्द बख़्शी याद आएँगे
वफ़ाएँ दिल की थीं जज़्बे भी बातलब दिल के
क़लम भी दिल का ज़बाँ दिल की लफ़्ज़ सब दिल के
लिखी घटाएँ बर्फ़वारियाँ कि गर्म हवा
हरेक रंग को औराक़ पे नुमायाँ किया
कभी रुतों में कभी मौसमों के हालों में
ख़ुदा की क़ुदरतें आईं सदा ख़्यालों में
वो मंज़रों को नज़र में उतारनेवाला
वो दूर जाते हुओं को पुकारनेवाला
धुनों का गीतों का शायर क़रीब है अर्शी
वो दूर जाके भी सबका हबीब है अर्शी

–अर्शी हैदराबादी

●●●